文芸社セレクション

この世異なもの味なもの

…あの世は行かなきゃ分からない…
昭和〜平成〜令和

文芸社

目次

プロローグ

期限と報酬のないのは仕事ではない、とはビジネスの駆け出しのころからずっと言われ続けてきたものだ。ではその、仕事ではないのを何と言う？　「手慰み」か「道楽」とでも名付けようか。

喜寿が過ぎて平成が往き令和になって、迎えた初夏。

もう何をしてもしなくてもいいのに、やっぱり生来の貧乏性から抜けられずにいる。受け身ではなくクリエイティブに、何かをしていないと気が済まない。とは言え今さら何をするにしてもお金を使うばかりで、一銭の稼ぎにもならない。

もうそろそろ、アレをしようコレもしなければ、と、何かに追われる生活から自分を解放しようよ。現役のとき「ああ退屈がしたい」と思い続けていたではないか。

もうすぐ梅雨だ。

五月から六月、バラが咲いて、牡丹、躑躅、石楠花、芍薬、そして花菖蒲、紫陽花と移ろいゆく花の季節を惜しむように、梅雨前の晴れた日を狙って、愛用のデジカメ一台手にして出かける近畿一円。A３に引き延ばせるような傑作を目指して行く、楽しい季節の一つだ。

三月の梅もいいが、ちょっと寂しい。梅一輪に春の訪れを感じるほどのデリカシーも持ち合わせていない。

四月の桜は「早く来ないと散ってしまうぞ」と催促、督励されているようで落ち着かない、写真で傑作を作るのも私みたいな素人には難しい花である。

だから私の百花繚乱は旧暦皐月の前……梅雨待ち季《つゆまどき》がいちばん性に合っている。

やがて梅雨に入りなば晴耕雨読の《読》の季節。

今日は雨、外へ出かける誘惑もない。家で何を楽しもうか。読書か、文を書くか、溜まった写真を整理して傑作を作るか、古いレコード、ビデオテープからCD、DVDを書き起こすか。

梅雨もまた良きかな……手慰みに選んだそれは、時間のあるまま気の向くまま、過ぎ越し方をただ徒《いたずら》に書いてみる、ことにした。

若かりし頃、働き盛り、昨日今日、ずっと本を読み続けて、ずっと触発されて少年から老境に来た。その間に天が与え賜うた、予期も意図もせぬ体験があった。出来の良し悪しは別にして、それらが糧になったか血肉になったか、今の自分がある。

この世 異なもの 味なもの……そっと手を胸にして物思いに耽ると…

…昭和・平成・令和のとある場面が浮かんでくる。

そして仏の国にへ往けるのか……あの世は行かなきゃ分からない。

一　アベノ坂の幻

上町台地

　大阪には上町台地という、南北に長い小高い丘がある。秀吉の時代は西側の麓まで大阪湾の波が洗っていたらしく、そのあと埋め立てを繰り返して今の姿、大市街地になった。

　地震の素の活断層が通っていることでも有名で、今回（平成三十年六月）の《大阪北部地震》でもクローズアップされた。北は一番高い大阪城天守閣の辺り（標高三八メートル）から南になだらかに下っていって、帝塚山（一四メートル）を経て住吉浜に至る。

　その台地の中ほど、近鉄阿倍野橋駅前の交差点から西へ、市大病院の前のかなり急な坂を下って動物園前から国道二六号線に至る道がある。両側は大小のビルがビッシリ建ち並び、片側三車線もある幹線であるのに、ネットで調べてもこの道の名は出てこない。阿倍野七坂・天王寺七坂にも入っていない。そこで私が勝手につけた名前は〝アベノ坂〟。

この坂に立つと、今や遠ぉくに去ってしまった昭和が浮かんでくる。セピア色した景色とそこに居た自分の姿もまざまざと。

とは言っても今の常識で考えてみると現実味は薄く、すりガラスを透して見るのに似て「あんなことホンマにあったんかいなぁ?」

平成もあと半年で終わる今、まぼろしのような昭和の断片を、思い起こすままに綴っておきたくなった。

霞町と釜ヶ崎

動物園前の駅のまわりはずいぶんきれいになった今でも、何がしかゴチャマゼ、汁かけごはんのような場末の雰囲気が漂う。そこからチョイと北に入ったところが、ジャンジャン横丁と通天閣に代表される新世界で、南に行けば飛田遊郭に分け入る。

私の生まれは戦前派でも戦後派でもない名なし派の昭和十七年。親父が水商売……

フナ釣り屋をしていた通天閣の下で生まれたそうな。本籍地は大阪市浪速区霞町二丁目。

西成区の北東部にあるこの辺り一帯は、明治後期に博覧会が開かれ、その後も公園や美術館や動物園などができて、なかなかの文化市域であった。ところが大阪大空襲で壊滅して戦後、いつの間にか戦災浮浪者が集まってきてドヤ街になり、〝カスバ西成〟と呼ばれるようになった。

映画『がめつい奴』で全国に広まった〝釜ヶ崎〟というのが通り名である。

今は侮蔑的とか差別用語とかでその名はなく、〔あいりん〕地区に変わっている。〝霞町〟の名も、交差点は〔太子〕に、阪堺電車の駅は〔新今宮駅前〕になっている。

昭和二十年代

阿倍野橋の北向かいにある天王寺駅は上町台地の切り通しの底にあって、国鉄（今はＪＲ西日本）の関西線（大和路線）と省線（環状線……当時は環状になっていなかった）が、アベノ坂のすぐそばを寄り添うように通っていた。それは今も変わっていない。

天王寺駅の片隅、南の端っこに小さなホームがあった。今は大和路線が行き来する長いホームになっているが、そこから一両か二両編成の南海電車が出て天下茶屋まで走っていた。

小学一、二年生のころ私たち一家は天下茶屋に住んでいて、その電車で子供だけで天王寺まで行き、アベノ坂を、三〇センチ四方くらいの板に戸車を四個つけたモノに乗って、滑って遊んだ。

当時クルマは少なかったのだろうが、今の常識が「あんな大通りで遊べるはずがない」と否定する。たいていは歩道でのことと思うのであるが、よみがえるのはいつも、大きな道のど真ん中を疾る自分であり、目の端っこを行き過ぎるのは、道路に向けて湾曲した優雅な曲線美を見せるデッカイ市大病院と、小さく建ち並ぶバラックの家々だ。濃い緑色の南海電車に乗った感覚と共に、確かな映像として今もある。

もっとも、誰と行ったのか、そして子供の手には大きい〝ローラーそり〟を抱えてどうやって電車に乗ったのか、さっぱり覚えていない。切符も買っていなくて無賃乗車だったと思う。そんなことができたのか……謎である。

戦災でも生き残っていた市大病院は平成の御世に建てかえられて、今はチョット味気ない、直線方形の白亜の殿堂になっている。

天皇陛下の全国行幸があった。大阪は昭和二十二年の六月、和歌山へ向かわれる国道二六号線で、両側の歩道はそれこそ黒山の人だかり。小さな体で人人人のわずかなスキマをすり抜けると、そこには、黒い車の列がゆっくりと通っていた。大人を真似して、いっしょうけんめい手を振った。意味は分からなかったが、その場の情景がクッキリと浮かぶ。

今になって思う、「戦後の大きな節目に立ち会ってたんやなあ」。

時は移って昭和三十年代

アベノ坂は高校の通学路になった。剣道部の寒稽古で、凍てつく道を急いでいたある朝、歩道の脇でお巡りさんが二人何やら仕事をしている。近寄って見ると、それは浮浪者の野垂れ死に、凍死であった。心はふさいだが、びっくりはしなかった。そんな世情だったのだ。

そのころ大阪では、西成へ行くとクツを片一方ずつ売っている、と言われていた。「そんなアホな!!」と言いたいところだが、これはホントである。アベノ坂でこの眼で見た。歩道の車道側で、石炭箱を二つ並べた上に一メートル角ほどの板をのせて、十足ではない、十個くらいのクツを売っていたのだ。これは一度ならず日常の風景であった。そういう需要があったんやなぁ。
曰く、盗んだものの慌てていて片方だけ持って逃げたとか、この辺りで行き倒れや事故でもあると、何人もが寄ってたかって身ぐるみ剝いでいくんだとか、これも聞き伝え。だがこの街、何があっても不思議じゃないから悩ましい。

新世界の名物ゾーン〝ジャンジャン横丁〟には、下校の途中によく行った。なにぶん生まれた場所に近く、私を可愛がってくれた親戚のおじさんの家もあってか、用もないのにこの通りに惹かれるように立ち寄ったものだ。昼間っから立ち飲み屋に群がるおっちゃんたちの背中を見て通り、賭け将棋を背伸びして覗いたり。スマートボール、ストリップ劇場の看板、空に灯がつく通天閣、が、まぶたの裏に浮かぶ。

通っていた学校の名は今宮工業高校、当時すでに四十年からの歴史があって、なかなかの名門であった。アベノ坂を下った二六号線との交差点の西南角にあって、今は今宮工科高校と呼ばれている。
すぐ北側は天王寺から続く関西線で、当時は高架ではなく草が生い茂る土堤、架線はなく蒸気機関車かディーゼルが走っていた。

西側は空き地、原っぱで、路上生活者がテントを張って暮らしていた。夏は半裸であった。それが時に男女の営みを行う……授業中の教室から見えた。これぞ『うつつかまぼろしか』、多感な思春期の妄想だったのか？　ハッキリさせたいところだが、こればっかりは図書館でもネットでも調べようがない、時の彼方に去ってしまった幻影……。

飛田遊郭のお話

詰め襟をキチンと着けた高校生がアベノ坂を通学する。冬ともなるとクラブ活動を終えた帰り道は陽も落ちて、おりしも飛田本通りの角にさしかかる。と、そこには何人かの客引きがたむろして袖をひっぱる。「にいちゃん、あそんでいきぃや!!」。高校生と分かっていて、からかわれたのだろう。

そんなある日、その道一帯にズラリと一メートル間隔で客引きが並んで、いつもより激しく袖を引き、けたたましく叫ぶ。

それが明くる日「そして誰もいなくなった」。ホントに一人もいなくなった。昭和三十三年三月三十一日、この日この時を境に、四月一日から売春防止法という法律が完全施行された日である。

その時そこにいた十六歳の少年は、遊郭に遊ぶことはかなわなかった。このことは、彼のその後の人生に少なからず影響を与えたに違いない。良いようにか悪いようにか……それは分からない。

昭和四十年代から

ともあれ、こんな希少種のような環境に生まれ育った少年も社会に出た。昭和四十年代に起きた《釜ヶ崎暴動》は、家電メーカーSP社に勤めて転勤で東京にいてTVの画面で知ったのだが、わがふるさと、傍観していられない自分がいて、懐かしくも躰が突き上げられるような衝撃が走った。

三十六歳でOAメンテナンス会社を起業した。それから十年、ようやく会社らしくなった昭和も終わりのころ、大阪市から放送設備の仕事を請け負って〈あいりん会館〉に入った。昔の霞町である。

日雇い労働者の日給が二百四十円、百円玉二個と十円玉四個でニコヨン、そのおっちゃんたちが朝、その日の仕事を求めて何百人と集まる場所だ。

会館の前には、お迎えのマイクロバスがズラリと並んでいる。

「自分がここで仕事することになるやなんて!!」。それこそ時空を越えて縁があるらしい。

平成になって

会社を退き年金生活になって後期高齢者になって、ときにアベノ坂に立つ。新しくなった市大病院を見上げて、この先でクツを並べていたんやなぁ。一泊五十円の安宿もあったなぁ。

ときにジャンジャン横丁へ、二度づけ禁止のクシカツをほおばりに行く。そのたびに往時を偲んで、ゆっくりとそぞろ歩きする。今はうどん屋さんになっているところを指さして「ボクはここで生まれたんや!!」と、一緒に行った人に言う。

今は料亭をよそおっている飛田百番にも行く、その道中には〈飾り窓〉もある。観光客も多い。少し前までは人が行きにくかったし、今でも普通の人（?）は、わざわざ行く街でもなさそうだが、なにを求めてか自然に足が向く。

中高生のときのわが家は大阪府南河内郡古市町だったので、「釜ヶ崎で生まれて河内で育った超一流の出」「人呼んで河内の貴公子」なぁんて、自己紹介のときに使う。

二　阪堺電車～昭和のデジャヴ

阪堺電車

大阪と堺を結ぶ、路面電車と郊外電車をないまぜにしたような路線がある。大阪市南部の天王寺から出たのと恵美須町から出たのとが住吉で合流して、堺市南郊の南海本線浜寺まで行く。

〈天王寺駅前〉から〈住吉〉までの区間を《上町線》、〈恵美須町〉から〈住吉〉経由〈浜寺駅前〉の区間を《阪堺線》という。全体の名前は《阪堺電気軌道》、通称《阪堺電車》で親しまれている。立派な広軌で全線複線である。市電がなくなってから久しく、チンチン電車と呼ばれるものは、大阪ではここしかない。

阪堺電車上町線には十の停留所がある。その内の住吉から北へ三つ目の駅〈手塚山

〈三丁目〉から〈姫松〉〈北畠〉〈東天下茶屋〉〈松虫〉〈阿倍野〉終点〈天王寺駅前〉がこの文の主役である。

夜ともなると街灯の灯りだけが頼りの静かな住宅街から、人も車も賑々しく行き交い煌々と光り輝くビル街まで……七つの停留所はみんな個性があって、その地の代表みたいな顔をしている。

その一つひとつの名前に得も言われぬデジャヴ（既視感）があって大脳皮質がくすぐられ、ありし日の情景が呼び覚まされる。

おとうと

帝塚山三丁目に〝彩菜《あやな》〟という、こじゃれたレストランがある。ここは姪っ子、岩本家の末弟のひとり娘がウェートレス、その婿殿が料理人を務めて、二人で切り盛りしている。

末弟というのは、兄姉私弟の四人きょうだいの末っ子で、私のすぐ下であるが六つ半年下……上の三人は年子であるのに、この子だけえらい離れている。しかし二親とも同じであることは間違いない。

彼は天下茶屋で、私が小学校一年生のとき昭和二十三年に生まれ、すこぶる、という形容詞つきのわんぱく小僧として育っていったが、五歳のときに母親が病気で亡くなった。だから上の三人には「母親の顔もよく覚えていない」「不憫やなあ」という思い入れが強い。それは大人になってからも、おたがい高齢者に仲間入りした今も変わらない。もう一つ、彼と私には酒好きと歴史好きという共通点があって、月に一度くらい夜の食事会をする。

昭和のデジャヴ

〈手塚山三丁目〉

平成二十九年の春まだ浅く、ダウンジャケットを着こむくらいのある日の夜、その日も弟との食事会になった。場所は〝彩菜〟。姪っ子の給仕で婿殿が料理してくれた熱々のラクレットと、程よく冷えた赤ワインとでディナーとしゃれこみ、昔話に花を咲かせた。

往きは、手塚山四丁目に住む弟が車で迎えにきてくれたが、帰りは一人チンチン電車に乗った。阪堺電車上町線の手塚山三丁目駅まで歩いて三分、何十年ぶりになるだろう……昔話の余韻もあってか無性に乗りたくなったのだ。

車が行き来する広い道の真ん中に往復二つの線路があって、その両側に段差をつけただけ、ポツンと標識が灯る路面電車の停留所。

そこでほてった体を冷ますことしばし、「カターンカターン」と乾いた音が聞こえてきて、カーブの向こう側、建物の陰からくすんだ緑色の電車がゆらゆらと現れた。

高い床のステップを二段のぼる。と、そこに昭和の世界がよみがえった。いちばん前とうしろに二カ所、運転席があって乗降口があって、その間に角ばった木目調の窓枠と長ぁいベンチ型の椅子。吊りかわが揺れる。往時の木の床がよみがえってきて、ワックスのにおいがたちこめてくるような……鼻孔がくすぐられる……気がした。記憶では車掌さんが乗っていて切符を切ってくれたものだが、ワンマンカーになっていた。

座席は空いていたが、あえて座らずに吊りかわにつかまる。走り出すとすぐに広い道から離れて、密集した住宅街に分け入る……生活道路のようなところに線路が通っていて、一両連結（?）の電車が仕舞屋の軒スレスレをかすめてゴトンゴトン、おっとりと進む。

すぐ脇に生け垣で分けられた小さな庭が続いていて、電車の窓明かりに浮かび上がっては消えていく。とり忘れたのか物干し台に洗濯ものが一つ、風に揺れていた。

家々の隙間、路地の向こうに、先ほど別れた大きい道と流れる車のライトが垣間見える。

〈姫松〉

姫松という駅に停まった。電車が停まると途端に「しーん」と、心のひだに沁みるような静寂が訪れる。駅のまん前、手を伸ばせば届きそうなところに民家の玄関がある。〝太田〟さんという表札がかかり灯りもさしていて、そこに人が住んでいる……想像たくましく五人家族であろうか、両親と子供二人とおばあちゃん。「そろそろ寝えやぁ」という声が聞こえた、ような気がして……生活の息遣いがあった。

〈東天下茶屋〉

昭和二十年代、天下茶屋。小学一年生、終戦後のこととて校舎が足りないため二部制の授業で、一年坊主が、重役出勤ならぬ昼から登校した大阪市立たちばな小学校。お母ちゃんが夜なべをして作ってくれた布製のランドセルを背負い、やはりお手製のセーターを着た、目のくりっとした男の子が窓に映る。

小さな果物屋をしていた家を一歩出ると、そこは西成区の天下茶屋。アメリカ兵と特殊な女性が路上で抱き合っている。そして「ギブ・ミー・チョコレート」。

〈阿倍野～天王寺〉

昭和三十年代。大阪のどまん中〈阿倍野〉の、大きな斎場の大きな塀の隙間から見える、おびただしい数の墓石。そこは中学生が見た〔あの世〕。

そして飛田遊郭、ここは高校の通学路で毎日通りながら、十六歳のとき売春防止法という法律ができて、ついに遊ぶことがかなわなかった。

技術系の学校に行きながら文学にあこがれた夢多きあのころ、友人と「ユーゴーTOユーゴー」なんちゃって、せっせとかよった阿倍野の〈ユーゴー書店〉、電車を降りて探したが、それはもうなかった。

十九歳で、ドキドキしながら初めて一人で入った天王寺のビヤホール。雰囲気に呑まれていたような気もするが、大人になった気分で高揚し、大ジョッキは苦くてもおいしかった。

〈北畠〉

時は超えて昭和五十年代。サラリーマンをやめて電気電子のエンジニアリング会社を起業したころ、《三菱銀行北畠支店》で、えげつない銀行強盗事件が起こった。今は監視カメラが至る所につけられているが、当時はどこの銀行にもなかった。事件の最中に警察から、取引先企業を通じて要請が入った。「現場の様子を探るために、天井のスピーカーをマイク代わりに使えるようにしてくれ」。そのときは警察にも技術者がいて、結局出動することなく待機だけに終わったが、現場の音は警察に把握されていた。

事件後、都銀も地銀も一斉にTVカメラとビデオの取りつけが始まったが、創業間もないわが社は、その仕事で貸借対照表が格段によくなった。

〈松虫〉

昭和五十年代も終わりのころ、『五番街のマリーへ』という歌が流行っていた。仕事一筋（?）の私もいっとき、柄にも合わない道ならぬ恋にハマってしまった。その帰り道は松虫通り……玉出から阪神高速に入る。深夜、料金所のおじさんに「お勤めごくろうさま」とねぎらわれて、複雑な思いで高速券をわたした。

平成も半ばにさしかかる。失われた二十年の中でも社業は回っていき、社員教育に一層力を注いでいた。そんなときGTH（GTO『オニヅカ』ではない）との出会いがあった。『グレート・ティーチャー・ハラダ』である。

学校崩壊と言われるほど荒れた松虫中学を、一体育教師が《目標と達成》のプログラムを厳しく実践させて、同校の陸上部を全国レベルに引き上げる……その過程で全校をも見事立て直した。

それを伝え聞いたある日、阪堺電車に乗って松虫駅で降りて地図を頼りに松虫中学へ、原田隆史先生にお会いした。「当たって砕けろ」……十五分後には、我が社の社員教育に助力いただく約束を取りつけた。

どの駅の名にもみんな、幼・少・青・壮と続く歩みの足あとが刻まれている。そんな一人の男を電車の窓に見て、過ぎ越し方に思いを馳せた十五分であった。

人は死ぬ間際の瞬間に、歩んできた道が走馬灯のように現れるという。自分は死が近いのかなあ、とそのとき思ったが、どっこい、一年余り経った今、生きてこの文を推敲している。

三　名も無き世代

世代の命名

戦前派ではなく戦後派でもない、かと言って戦中派でもない。昭和十七年前後生まれというのは名無し派である。予ねてより、自分の世代を一言で表現できないことをもどかしく思いつつ、言葉を弄して説明してきたものだ。名無し派の世代というのは不便なものである。

終戦当時三歳半で、戦争のことはほとんど覚えていない。二つだけ、防空壕に入ったら水溜りができていて短い脚の丸いお膳があって立って食事したこと、大阪の河内でB26か29か知らないが低空を飛んできて一緒にいた大人に慌てて手を引かれて葡萄畑の下に隠れたこと、くらいで、戦争体験と言えるほどのものはない。

五年以上くらい先輩の方の、敗戦時の〝価値観の大転換〟も味わっていない。

食べ物は特段ひもじかった記憶はないので、多分親が食料品集めで大変だったのだろうと想像する。

ただ〝卵〟は滅多に口に入らなかった。大好きな私に「乾燥卵」と称しておよそ似て非なるものを食べさせられたとき、「これ以上言うたらあかんのや」「だまされておこう」……子供心にそんなこまっしゃくれたことを思ったのかどうか……ほのかな記憶がある。

戦後

そして戦後、大人たちは誰も、戦争について話をしてくれなかった。

小学校でもただただ「アメリカは豊かで偉い」「お手本にして見習うのだ」「日本は大変貧しい国」「文化も遅れている」と刷り込まれるばかりで、具体的な現実も歴史も何も教えてくれなかった。「あぁアメリカ人に生まれたかった」。

そんなこんなで戦中戦後の様子は、幼い少年が目で見、記憶に残ったホンの僅かな体験から、後年想像するより外なかった。

ようやく中学生になって読書に目覚めた少年が、小説や雑誌や新聞を貪るように読んだ。しかしこれらは右か左か真ん中か、主張が何れかに片寄った情報で、そのときそのときに選んだ読み物によって、解釈はおろか事実でさえも恐ろしく異なるものであった。

高校のとき、先生方は保守派と日教組派で真剣に対立していたが、何れがいいとも間違っているとも分からないままであった。

十八歳のとき昭和三十五年、あたかも第一次安保闘争（そのときは一次かどうかも知らなかった）、労働組合に誘われるまま何も分からずに考えることもなく、「アンポ!!　反対!!」と、御堂筋を練り歩いたものである。一種のファッションのようなものであった。

大人になって

成人してから、一国の史観が大きく割れていることが分かってきたが、その両方を考える、考えても一つを選べない、というのが我々名無し派世代なのかも知れない。

イヤもう二十歳を過ぎていたのだから私だけがボンクラだったのかも知れないが、齢を経るうちに段々処世術が身について、世の中と距離を置いて考える、斜に構えて、出来事もそのまま受け入れることがなくなっていく。

だからかどうか、まさに自分が生きてきた時代であるのに、理解というか歴史観というか思想というかは、ずっと揺れ動いていた。

昭和も末、アラフォーも半ばを過ぎたころ、不十分ながらも世の中のことが見えてくるとようやく、考えも思想も落し処を得て、落ち着いてきたかと思う。

そのころ、クルマは日本車が一番と言われるようになっていて、自動車業界に勤めていた我が子がよく『なんや、アメ車か』と、一種侮りの気分で言っていたものだ。

「オッ!!　そうか!!」「そうだったのだ!!」

長かったアメリカコンプレックスから解放された瞬間であった。

四　アメリカさんから頂きました

給食

多分小学校二年生の初めだったと思う。

来る日も来る日も、脱脂粉乳か薄い味噌汁と、コッペパン一個の給食。終戦直後のこととて日本全体が貧しい時期で、前の子も後ろの子も隣の子もみんな一緒、自分だけということはなかったから「まあ、こんなもんか」と多分意識もせず、何を思うでもなかったように記憶している。

もう一つ、普段の授業で事あるごとに「アメリカでは普通の家庭でも自動車を持っている」だとか「ヨーロッパの人は歩くときも歌を歌ってリズムをとって歩く」だとか、とにかく「アメリカ人は偉い」と教えられていた。完璧な日本卑下、欧米礼賛の教育である。

そんなある日の昼、担任の木村先生（何故だか、この時の先生のお名前を鮮明に覚えている）が『今日の給食は、アメリカさんから頂いたバターがつきます』……「どんな味なんやろか」と期待を込めて唾を呑み込んで、配られるのを待った。

それは国防色で、細かいアルファベットの字がたくさん並んだ進駐軍〈USアーミー〉の小さな缶詰であった。開けて、恐る恐る食べてみた。

アメリカを知る～日本を知る

「ええっ!!　世の中にこんなおいしいものがあったのか!!」

口に入れるとじんわり溶けて、それはもう舌もとろける極上の脂肪と甘味であった。後年考えると、今や何処のスーパーにも置いているごく普通のバターと同じようなものだったと思うのだが、その時は「アメリカの兵隊は、毎日こんなおいしいものを食べているのか」とびっくりした。そして、彼我の差が刷り込まれていたことも相まって「これでは日本は戦争に負けるわなあ」と、子供心に妙に納得した覚えがある。

それ以来実感としてアメリカの豊かさを知り、翻って、考えもしなかった給食の貧しさを思うようになる。延いては、日本は貧しい国なのだと思い知るようになった。昭和二十三、四年の話である。

それがトリガーになったのかどうかは分からないが、同じころから「日本にも金持ちが居りゃあ貧乏人も居る」「ウチは貧しい方に入る」と、自分を世間の中に置いて見るようになった。

十五年ほど前、平成の半ばだったか、ある綴り方教室でこのことを書いたら、講師が「小学生にそんなことが分かるわけない」「嘘は書かないように」と、にべもなく否定された。私より十余歳若い、戦後の十年を体験していない、新聞社の記者であった。

「小学二年生でも戦争に負けたことぐらい、貧富の差くらい、分かっているんだよ」。

その教室にはそれっきり行かなくなった。

五　中学生、モーパッサンを読む

宿直

そのころ学校には、先生の宿直があった。

昭和三十年、中学二年生のその少年は、母が二年前に病気で亡くなり、父は職場の事故で身体障害者に……時の世情からお見舞金だけで終わり……中学を卒業したばかりの年子の兄と姉が働きに出て、少年も夏と冬はアルバイト。

日本全部が貧しかった時代にあっても、その地域（南河内郡古市町、今の大阪府羽曳野市）では目立った〝可哀そうな子〟であったが、勉強はよくできた。

そんなことに目をつけられたのか、ある日、小柄な数学の先生から職員室に呼ばれて、「君はよくやっているからこれを上げる」と言って、当時珍しかったシャープペンシルをいただいた。芯の太さ一ミリ以上の武骨なものだったが、中学生は心の底から嬉しく思った。「自分のこと、知ってくれているのだ」「ああ世の中捨てたものじゃない」と。

別の日に、大柄な理科の先生から「宿直の日に泊まりに来い」と言われた。『一トンくじら』と親し気に呼ばれたその先生は中背で横に大きく、あだ名そっくりの体躯、軍隊上がりで、厳しくも人情に厚い方であった。

夕方、人っ子一人いない学校に行き、おずおずと宿直室に入って椅子に座ると、いきなり「そこの本棚の好きなものを読め」と言われた。そこにはズラリと、いっぱいの本が並んでいた。

読書の目覚め

その中から、どういうわけか、モーパッサンの『女の一生』を選んでいた。読み始めると夢中になって夜遅く……完読していた。

何だか一歩、大人になったような気分で高揚したことを覚えている。多分〈少年少女世界文学全集〉だったと思うが、これが、少年の〈本〉との触れ合いの第一歩であった。

なぜモーパッサン？　なぜ女の一生？　少年が大人になって思ったのは、思春期にさしかかったころ母親を亡くした《母親コンプレックス》、転じて《女性コンプレックス》があったからかもしれない。

そして高校生になって、ドストエフスキーの『罪と罰』を皮切りに〈少年少女〉のつかない世界文学全集を読み漁ることになる。社会に出てからは、ハウツーものや歴史小説、ＳＦものやミステリーも……雑食性になったが、このときから老年の今に至るも本は「人生のかけがえのない友」になっている。

今一つ、本を読む習慣のお陰だと思うが、日記をつけるようになった。これは十年ほど続いてモーレツ社員になったときに途絶えたが、平成の今、ボロボロになった大学ノートをそっと取り出して読んでは、過ぎ去りし、幼かった青春の日々を懐かしく楽しんでいる。

放送部

一トンくじら先生はまた、放送部の先生で「お前、放送部に入れ」と言われ、六人の仲間の一員になっていた。そこは今の視聴覚クラブと全く違って完璧に理工系でハード系、ラジオやアンプを作ったり、校内放送設備の構築（スピーカーの取り付けや配線工事）で天井を這いずり回ったり。

その中学校は、大阪府南部にある五つの町村から千八百余人の生徒が通っていた。とは言っても団塊の世代より六、七年前の世代である、念のため。

だから教室も矢鱈多く、バラックとはいわないが今でいうプレハブの俄か建築。卒業式や学芸会などのときは五つか六つの教室の壁を取っ払って臨時の講堂に仕立て上げていた。昭和三十年前後、田舎の学校の設備の不足を「生徒たちが補っていたのだなあ」と今になって「フッフッフッ」、思い出し笑いする。

その代わりといっていいのか一トンくじら先生は、♪放送部の歌♪を作ってみんなの前で歌わせたり、六人は「学校のエリートなのだ」と皆に思わせる演出をしたり、厳しい指導の中に、士気を高めるいろんな工夫をされていた。これも今になって分かること、当時は少し誇りながらも、ただただ気恥ずかしかったものである。

放課後、冬だとトップリ日の暮れるまでハードな仕事をしたあと、近くのうどん屋さんでいただいた熱々の素うどんの味は忘れられない。これは先生の奢りで、おばさんが一杯二十円のところを十五円にしていた。先生の懐具合を考えていたのだな。

家に帰ると、母親代わりの叔母（母の妹）が河内弁で「お前また今日も残業か」

「給料も出えへんのに」と、からかわれたものである。

進路

ここで電気の世界が目の前に開ける。おぼろげながらも、自分の仕事はこれなのかと思うようになって、高校は迷うことなく工業高校の電気科、そして大手の家電メーカーに技術職として入った。

斯くして職業はエレクトロニクスの世界になっていく。本当は文系であったかも知れないのに??

文学への目覚めと電子技術、二つの道を示してくれた先生。

文学少年が身過ぎ世過ぎも文学、という道を選んでいても不思議ではなかったとも思うが、当時の環境は、何にしても安定して収入が得られることが絶対の約束事、職業に文学なんて選択肢は端《はな》からなかった。

半数の生徒が中学を卒業すると、農家にしろお店にしろ会社勤めにしろ、何らかの職に就く。が、その少年は幸運にも、兄姉が外で働いていたので家業を手伝うことも家にお金を入れることからも免れ、中学生から始めたアルバイトを続け、大阪府の育英金を受けて高校を卒業することができた。働き出していくばくかのお金を入れるようになって、ようやく家の一員になれたと思った。借りた育英金は五年ほどかかったが全部返済したのは勿論である。

齢を重ねてから、ひょっとしたら自分は「本書きが本命だったかもしれない」と思うことがあるが即座に否定する。「んなこと、あるわけない、ない」と、好きな文章作りをしていて呟く。

一トンクジラ先生は、四半世紀前に鬼籍に入られている。

六　百舌鳥・古市古墳群

古墳で遊ぶ

百舌鳥・古市古墳群、これは言うまでもなく令和元年に世界文化遺産に登録された遺跡である。どちらかというと堺の方ばかりがもてはやされているようだが、どっこい古市も大したものなのである。

その中に、大仙古墳（仁徳天皇陵）の次に大きいとされる誉田御廟山古墳が古市（大阪府羽曳野市）にある。通称〈応神天皇陵〉で、五世紀初頭の築造と考えられている。誉田とは〝こんだ〟と読む。

同時代、古墳の南に神廟が造営された。あまり有名ではないが、〈誉田八幡宮〉といって、日本最古の八幡宮と称され、令和の御世も綿々と続いている。

御陵〈応神天皇陵〉と八幡宮の間に〈誉田中学校〉というのがある。今は羽曳野市立であるが、その昔昭和二十九から三十一年に私が通っていたときは〈五か町村学校組合立誉田中学校〉と言った。大阪府南河内郡の古市町や藤井寺町など五か町村が共同で中学校を作ったのだ。それ故生徒の人数は多く、各学年とも、五十五人クラスが十一教室もあった。略して『こんちゅう』と呼ぶ。

大阪市内などでそう唱えると、「エッ!!　ポンチュウ?!」と聞かれたものだ。そのころ巷では、ヒロポン中毒が社会問題になっていた。

学校の運動場は校舎から少し離れた所にあって、応神天皇陵のお濠に面していた。体操の授業や運動会はそこで行われるのである。御陵に入ることは禁じられており、鬱蒼と茂る常緑の樹々を見て、この奥には何があるのだろうと考えたこともあったが、毎日のこととてすぐに慣れて、日常の風景に溶けこんでしまった。

それどころか、鬼ＳＳというあだ名の体操の先生に、トレパンを忘れて行くと誰彼なく容赦なくお濠に突き落とされたものだ。浅いとはいえ、もちろんビショビショになる。ここは神聖な場所なのだというにはあまりにも大胆な行為であったが、見慣れた景色の中で、子供だけでなく大人も意識していなかったのだろう。

御陵の側から苦情が出たことはなかったと思う。また今なら間違いなく〈体罰〉と騒がれるところだが、そんな話はどこからも誰からも出なかった。

ビンタ

そういえば、前章で登場した一トンくじら先生から、張り飛ばされたことがあった。放送部員の仲間と校舎の壁に牛乳瓶を投げつけて「原爆やー」と騒いでいたからだが、職員室に並ばされたとき「僕はやってません、見ていただけです」すると「連帯責任じゃー!!」と一蹴され、「メガネ外せ!! 両足開け!! 踏んばれー!!」。大きな掌で強烈な一発を食らった。

肩で風切る放送部員への戒めと見せしめだったのだろう、居合わせた先生方は目を点にして見ていた。しかし体が準備していたからか、よろめいたが倒れることはなく、痛かったが誰もダメージはなかった。これは全く何の問題にもならなかったし、当人たちは当然の罰と受け止め、ケロッとしていた。今にして思う。あれがあったから世の理の一端を、身をもって知った。懐かしい、いい思い出だ。

後年、京都の東福寺で禅の修行の真似ごとをして警策《けいさく》をいただいた。樫か栗の棒で相当強く「バシッ!!」とやられるのであるが、先に肩をグッと押して「いまからやるぞ」と合図があるので身構える。確かに目を覚ますほど痛いが、この痛みは体に残らないで心の戒めとして残る……半世紀前のビンタが心地よく、まざまざと甦《よみがえ》った。

感情に走っての体罰は時代にかかわらず絶対にいけないが、「とにかく体罰は絶対ダメ!!」という今の風潮は、ちょっと疑問に思うことがある。

話は逸れたが、中学生時代、思いもしないで無邪気に飛んだり跳ねたりしていた場所が、こんな、世界にも記憶される遺跡だったとは今さらのように驚いた。そして少々誇らしげに往時を思い出している。

古市の家（一）

またまた一トンくじら先生の話になる。再々登場するほどこの先生は、一中学生の人生に影響を与えた人なのだ。ご本人が意識されていたかどうかは分からない……先生に一度はお礼とともにお聞きしたかったが、その前に鬼籍の人となられた。

そのころ兄弟四人（一つ半違いの兄と姉と私、六つ下の弟）は聴覚障害の父と、万葉の昔「ふたかみやま」と呼ばれた二上山《にじょうさん》を仰ぐ風光明媚な河内の地で、母親代わりの叔母が世話してくれた、田圃《たんぼ》に囲まれて佇む古い古いわらぶきの借家に住んでいた。正真正銘の藁葺である……夏ともなると、白いウジ虫が天井からぶら下がるように落ちてくる。今時は、わらぶきに日本の風情を感じるのどうのと人気があるらしいが、そういう人は一度、一年でいいから住んでみるといい、と思う。

ある日一トンくじら先生がその家を訪ねて来てくれた。と言っても、担任の先生ではないし、今で言う家庭訪問でもなく、ただ気にかかって寄って下さったのだ。入るなり「ああ、これではお前は目が悪くなるわなあ」。

私は中学一年生の時に早くもメガネをかけていた。

家は、土間があってその上に三畳と四畳半くらいの畳の間があり、そこに二〇ワットの裸電球が一個だけぶら下がっていた。それをひと目見て、その呟きになったのだ。それまで、父が若いうちから眼鏡をかけていたので、その遺伝かと思っていたのだが「そうか、それもありか」と思ったものだ。

その後年月を経て自分の家を持ったとき、必要以上に部屋を明るくするようになった。

古市の家（二）

わらぶきの家にはまた、放送部の五人の仲間が、よく遊びに来てくれた。

幾星霜の後すっかり大人になった彼らと、縁が深かったのか仏さまのお導きか、人生の道が交差して、それぞれに会うことができた。

彼ら曰く「あのときたびたび行ったのは、お前に会うためではなく、お前のお姉さんの顔を見たかったからだ」と宣わっていたが、まあ姉は古市小町と噂されていた。ともあれこの邂逅は、「人生意気に感ず」と、嬉しかった。その中の二人とは、老年に入った今も行き来している。

令和の御世、いきなり有名になった百舌鳥・古市古墳群の、そのときは思いもしなかった歴史の地で少年時代を過ごした。

一場のノスタルジアである。

七　沖縄へ行こう!!

コネクション

昭和四十年代の話である。

そのころ勤めていた家電メーカーSP社の、建物は全部、大手ゼネコンS建設が建てている、そこにはSP社長の太いパイプがある、と噂を聞いた。

当時建築設備（音響、照明器具等）を売る商売を担当していて、街なかに塀で囲った建築現場を見かけると、焦る思いで施主とゼネコンの名前を追ったものだ。毎日毎日東京でこれだけのビルが建ち上がるのに、「何で自分のところには仕事がこないんだろう」。そこで思った。「これはいい情報」、噂と聞き流しては勿体ない。「よし!!S建設とつながりを持つのだ」。

沖縄海洋博

夏の高校野球で、戦後初めて沖縄代表で出場した首里高校が甲子園の砂を持ち帰ったが、当時アメリカ領で植物検疫に引っかかって、那覇港で涙ながらに海に捨てさせられたのは一九五八（昭和三十三）年八月三十一日。

沖縄が日本に返ってきたのは、一九七二（昭和四十七）年五月十五日。

復帰記念で、一九七五（昭和五十）年に沖縄海洋博が開催されると発表があった。

新聞・TVから刻々と流れるそんな一連のニュースから、沖縄への思い入れが芽生えてくる。

時は、第一次オイルショックが始まった一九七三（昭和四十八）年、SP社に入社して十二年、東京勤務で三十歳、若手からそろそろ中堅サラリーマンになろうかという営業員であった。

そんなある日、勃然と沖縄へ行きたくなった。とはいえ当時は費用からしても、休みが取れる日にちからしても、簡単に行ける所ではない。……そうだ!!　仕事を取って出張で行こう!!　ポンと手を打ちバンと膝を叩いた。

作戦

海洋博では建築土木工事が目白押しである。当時かなり頻繁に出入りするようになっていたS建設が二つのホテルを受注していた。その施主がそれぞれ、SP社長と懇意であることを教えてもらった。

社長といえば雲の上の人であるが、ままよ……ハンコだけ押してもらえばいいような紹介状の手紙を作り、それを添えて稟議書を出した。

すると、ポンと判をついて戻ってきた。勇躍それを手にして施主、設計事務所、電気工事会社を動き回って放送設備を受注した。

Fホテルと、かなり大規模で著名な、後に皇太子ご夫妻が宿泊されることになるHホテルである。

それから海洋博までの二年間、当時まだ誰もが気軽に行ける所ではなかった沖縄に、打ち合わせで、公費で、前後十回も行くことになる。

沖縄に魅せられて

初めて行ったのは、一九七四（昭和四十九）年一月、羽田空港を発つとき雪が降っていたが那覇空港に着いたら暑くて暑くて、ホテルに着いたら真っ先に長い股引を薄いステテコにはきかえた。

飛行機はほんの少し前に就航したジャンボジェット七四七で、ビルを見上げるのと同じ大きさでびっくり。

初めて見る南国。強烈な陽の光と透明なグリーンブルーの海、赤い瓦屋根と白い漆喰でかためた家、家を守るシーサー……琉球の佇まいは、たちまち私を虜《とりこ》にした。

そのときの沖縄はまだ〈車は右側通行〉であった。

底抜けに明るいリゾートの地、テンポがよく、しかしちょっと哀愁をたたえた蛇皮線・太鼓の演奏、優雅な琉舞、加えておおらかで素朴な人。

近世からの沖縄の歴史を重ね合わせて、そのギャップにある種の感懐を抱きながら、厳しい現場の仕事を懸命に進め、また観光もした。一日の仕事を終えたあとの南国の入り日は殊更身に浸みた。

そして……思い入れは行くたびに深くなっていった。

ご褒美

斯くして海洋博本番は、取り引き勘定の窓口であるSP沖縄営業所の招待で行き、目と鼻の先、飛行機で一時間の台湾にまで連れて行ってもらった。これが私の初めての海外旅行であった。

こんな、公私相携えての大成果を喜ぶと同時に、仕事というのはこのようにして取るのだ、ということを身をもって学んだ。

これが、若きビジネスマンの長き将来に亘って、大きな糧になる。

八　塀のうちそと

ムショに入る

その昔、『塀の中の懲りない面々』という小説があった。安部譲二という元アウトローの世界の人が、刑務所での服務経験を綴った自伝的小説で、確かベストセラーになったと思う。

私はその『塀の中』に入ってきた。「へーッ!?」って、駄じゃれ言ってる場合じゃない、ホントに入ってきたのだ。

とは言っても先にことわっておくが、「手錠かけられ腰縄つけて」入ったのではない。れっきとした公用で入ったのだ。どういういきさつで入ることになったのか定かに覚えていないが、おそらくあの手この手を使って伝手をたどって、中の仕事を請け負ったのだろう、放送設備の改修工事であった。

入札の記憶がないから特命だったかもしれないが、何せ半世紀前のことだし小さな小さな金額だから、国会で問題にしないようにしていただきたい。

小菅刑務所

ここは東京都葛飾区小菅にあって、明治の昔から〝監獄所〟として名が通っている。平成から令和の今は東京拘置所で、特捜が動いて政財界の大物が容疑者になるとここの門前に報道陣が押し寄せるので、皆さまも一度はＴＶでご覧になったことと思う。これは昭和四十年代半ば、小菅刑務所と呼ばれていたころの話である。

まだ暑さが残る晩夏の季節だったと思う、書面で通知のあった日時に門前に立つ、ここからもう緊張が始まった。厳めしい守衛所で身分証を見せ、名を名乗り尋ね先と用件を伝える。ほどなく電話で何度か打ち合わせしたＦ技官が、にこやかに迎えにきてくれた。その笑顔にホッとする。

出入りの厳しいチェック

打ち合わせの後、いざ監房に入る。ゴツイ鉄格子の扉の前に立つとドキドキした。そこで工具をきっちりチェックされる。さすが!!　と思ったが、出るときにはもっともっと厳重な調べがあった。員数はもとより、一つひとつに欠損がないか、もし房内に鉄の欠片でも残っていたら大変なことになるのだろう、と了解できた。大きくていかにも重々しい鉄の鍵束が「カチャン」ではなく「ガッチャン!!」と鳴った……「これでボク、ここから出られるのかなあ!?」

受刑者とともに

仕事に入ると、受刑者の一人を連れてきて「作業をいいつけて下さい」とF技官。助手として使ってくれというのである。「エエッ!?」と息を呑んだが、頭のコンピューターが咄嗟に計算してくれて「ウン!!　模範囚なのだろう」。

やってみると、スピーカーの取り付けや配線工事など実に手際よい。この人、電気工事が本職か、社会復帰に備えて実地研修を受けたのか。礼儀も実に正しい。私のことを「先生!! 先生!!」と呼ぶ。何だかお尻がこそばゆくなってきたものだ。丸刈りなので若く見えたが、ちょっと年上、四十手前かなあ……一人の男の人生に思いが及んだ。

廊下に響くクツの音

このころの戯れ歌に『廊下に響くクツの音、地獄極楽分かれ道』というのがあった。

監房の廊下はクツの音が異常に大きく響く。響くように造られているのかとも思う。受刑者も刑務官も、この足音を聞いて、娑婆に復帰するのか極刑に向かうのか分かるのではないか、などと妙なことを考えてしまった。

私のような素人に聞き分けできるはずもないが、地獄と極楽の分かれ道、という風には聞こえた。

くさいめし

食堂でお昼ご飯をご馳走になった。どんぶり鉢に山盛りの銀飯、若い私にも十分な量であったが、おかずが少ない。でも贅沢言ってはダメ、ここの人たちは毎日これなんだと、口いっぱいにご飯を入れた。入れながら考えた「くさいめしってどんなのだろう?」

刑務所ご謹製のクツ

刑務所には工場がある。受刑者がその道の専門家に指導を受けて、履物や雑貨を生産しているのだ。何日か何回か出入りするうちに見学させてくれた。本格的な工場である。

一般の人も入れる部屋があって、つくられたものを販売していた。だいぶ安い。

「お手頃ですよ」とF技官。そこで靴を買った。

会社に帰って同僚先輩お得意先、誰彼となく「刑務所ご謹製の靴」と吹聴して回った。

先輩の一人に、若くして亡くなられた親父さんが刑務官、という方がいた。何年か後、私の結婚披露宴で、「刑務所でも沖縄でもどこでも、岩本という男はどこへでも行きよる」と紹介されて嬉しかった。

邂逅

これを書いている今は令和二年、あれから半世紀。

珍しい体験をさせていただいて、親しくお世話いただいた壮年の技官『Fさん』と邂逅できた。無論心の中でであるが、そのお顔からお声まで、笑顔と穏やかなお話しぶりを、七十八歳になった私がありありと思い浮かべることができる。

最近のことや、ついさっきのことは、すぐ忘れるのに。

九　ビジネスの外道

逡巡

この項、入れようか？　どうしよう？　と逡巡している。なにせ法律違反の事件である。が、しかし半世紀も前の事で時効もとっくに過ぎているのではないか。「ままよ、捕まったらその時のことよ」なんて、セリフだけ芝居がかっているが、「法改正で時効が伸びているのではないか」とか、依然内心はビクビクしながら、まあ、入れることにした。

有楽町で会いましょう

昭和四十年台の後半だったと思う、東京都庁は今の新宿のご立派な建物ではなく、東京駅と有楽町駅の間に立つ古びた木造の庁舎であった。

ある日ある時、日本で名だたる音響機器メーカー七社の営業担当者が七人、有楽町のとある喫茶店に集まった。

そこで無言で、数字が書き込まれている小さな紙片が配られて、そしてみんな黙って三々五々そこを出て、バラバラと都庁に向かう。

ギーギーと鳴る廊下を歩いて階段を降りると、そこは入札室。「ただいまから都立〇〇学校の音響設備の入札を行います」。配られた票に、さっきの紙片にあった数字を書き込んで応札する。「ただいまの結果、△△円で◇◇社に決定しました」。パチパチパチと拍手、その間おおよそ五分。

都庁を出てまたバラバラと、さきほどの喫茶店に入る。と、今回の幹事会社の担当者から封筒が配られて、そこを出ておしまい。

熱海の芸者大学

封筒の中身は現金、談合金である。当時の給料の二ヵ月分くらいあったと思う。その現金の処理に困った。

勤めていた会社は官公庁との商売には関わらない方針であった。

どうせ自分の裁量で役所に通い詰めて入札の資格を取ったのだろうが、社の公認ではなかったことは確かだから、経理部に入金するわけにもいかない。そこで内緒でカギのかかる机の片隅に隠しておいて、自分がリーダーをしていた六人か七人の仲間との、その年の忘年会にきれいさっぱりと使い果たした。それは熱海に繰り込んで、世間にデビューしたばかりの〝芸者大学〟であった。

ノーパンしゃぶしゃぶ

談合に参加したのは一回きり、繰り返すことはなかった。多分自分の力不足だったのであろうが「こんなことをしていてはいけない」と罪悪感もあったのだと思う。というより捕まるのが怖かっただけか。

時移って平成十（一九九八）年、〝ノーパンしゃぶしゃぶ〟事件が起こった。何とも語呂の悪い、気色も悪い不衛生な命名である。

ニュースを聞いたとき、真っ先にあの〝有楽町のこと〟を思い出した。

当時役所の中の役所と言われた大蔵省には、青雲の志を抱いて日本の最優秀な若者が集まってきたであろう、その人たちが、仕来りや先輩の指導を受けて、初めの内は「こんなことをしてはいけないのではないか」と思いつつ、だんだん慣れて狎れて罪の意識も薄れ、その世界にどっぷりと浸かってしまう。おしまいには、それが世間の常識と思うまでになって警戒心もなくなり、いい大人が堂々と、非常識で変な接待を受けるまでになる。捕まったときにきっと『これって悪いことなの？』とキョトンとしたのではないかと想像する。

恐ろしいことだ。何よりも本人たちの悲劇である。

〝有楽町〟は、一回でやめてよかった。

一〇　地下鉄の電車はどこから入れた？

地下鉄の案内放送

会社を始めて六、七年、昭和五十年代の終わりか六十年代初頭だったと思う。大阪市営地下鉄（今は大阪メトロ）の駅の案内放送は長い間、駅員がマイクを持って放送していた。それが、コンピューターによる自動放送を取り入れることになった。

当時は六路線あって、そのうちの二路線、堺筋線と千日前線を、日本を代表する電気メーカーH社が受注した。H社はその子会社を通じてわが社のお得意先であった。

そして、日ごろ「何でもやります」と標榜広言していたので「設置配線工事をやってくれないか」と、仕事が入ってきた。

線路に沿って引いてある通信線を駅ごとに分岐して繋ぎ、通信指令室（千日前線の阿波座という駅の構内にある）まで導く工事である。電車がレールを踏むと、それを感知して信号を送り、コンピューターが自動的に「間もなく〇〇行きの電車が入って参ります。危ないですから白線の内側までお下がり下さい」と放送するアレである。

私も社内の誰もがやったことのない仕事で、地下鉄の線路に立ち入った経験もない。早速伝手をたどって専門業者と出会い、お任せすることにし、私は現場監督で入る段取りになった。

深夜工事

地下鉄の終電から始発までが勝負の世界である。夜半、駅に待機していて、終電が去り階段の出入り口が重い鉄格子で閉じられると、十幾人が一斉にホームから線路に降りる。そのときは線路際にある第三軌条と呼ばれる集電レールの電気は落とされていて、危なくはない。

が、線路保全のためディーゼル点検車が走ってくる。もちろんゆっくりしたスピードであるが、静かな時間帯のトンネルのこととて、二キロも三キロも先から「ゴーッ」という音が聞こえてくる。線路に立つ身には不気味である。

それが五〇〇メートルまで近づくと私が旗を振って「待機ー!!」と叫ぶ。責任重大である。そうすると作業員は一斉にホームの下に避難する。目の前を巨大な鉄の塊が通って行くのをやり過ごすのだ。

　このとき思った。普段の駅で「もし誤って線路に落ちたら、ホームの下に隠れて下さい」と放送しているが、これは確かに安全ではある。しかし、そこにはいろんな機械やケーブルが置かれていて、全部油だらけ。暖かいからかときにネズミが走る。「これは顔も服も油だらけになるなあ」「目の前を巨大な車輪が通るのも恐怖だなあ」「しかし背に腹は代えられない」これしか助かる方法はないと分かった。

電車はここから入れた

　作業が続いていても始発の時刻になれば一段落、ホームに上がってシャッターが開くのを待って駅の階段を通って外に出る。

　ところが日によって深夜の二時三時に終わることもある。そんなときは駅から出られない。そこで何キロか歩いて、線路が地上に通じている所から出ることになる。森ノ宮という所にそれはあった。

　と、そのとき突然分かった。「地下鉄の電車はここから入れているのだ!!」

　何故そんなことを叫んだのか。

そのときの少し前、昭和五十年代半ばに、「地下鉄の電車はどこから入れたの？」「あんな大きなもの、改札口は通れないし」「それを考えると夜も寝られない」という漫才が一世を風靡していた。春日三球・照代の夫婦コンビである。

それからというもの、誰彼となく人をつかまえては得意気に「地下鉄の電車、どこから入れたか知ってる!?」

一一　どつかれ人生

どつかれてから知る社会の仕組み

学校で試験の成績が下がったら通信簿の点数が下がるだけ。せいぜい親を残念がらせるか、先生に叱られるか。もっとも進学の選択肢が狭くなるとか就職の要件の一つにはなるので、おろそかにはできない一面もあるが。

それが社会に出ると、毎日の一挙手一投足が試験の連続で、そのまま直接的に収入につながってくる。こんな単純明快なことをわきまえもせず、先ずはどつかれて、制裁を受けて社会の仕組みを覚えてきた男の話。

遅刻したら収入が減る

二十歳前後、世界文学全集を読み漁っていた。会社に行くにも本を小脇に抱えていくので、そのころは音響技術を仕事にしていたから、課長に「技術の本を読め!!」と、よく叱責されたものだ。

夜は読書の時間とばかりに、興に乗ると徹夜で読み続けることもあり、翌日遅刻していく。そして迎えるボーナスの時期、アレッ!!　○○ヵ月と聞いていたのにえらい少ないな。四月の昇給のとき、△△%と言ってたのにそれほど上がってないなあ。斯くして「遅刻したらボーナスが減る、昇給が悪くなる」。こんなこと当たり前なのに、痛い目に遭ってから分かる。何と鈍感で迂闊な男であったことか。

二十歳台半ばになっても、ときの上司に向こう見ずに正義漢ぶって屁理屈こねて議論すると三ヵ月後、希望したプロジェクトから見事はじき出されていた。

建築現場に入ったとき、いきなり天井にスピーカーの穴を開けて、大工に金槌持って追っかけまわされた。こういうときは先ず、一升瓶でも持って挨拶にいくものなのだ、とあとで知る。

自動振り込みという便利な手段がなかった時代、営業は、売ったら集金があるのだということすら知らずにいて、出張先に緊急連絡「お前今日、〇〇社の集金があるやろ。どこをほっつき歩いているんや!!」

手形小切手を見たことがなく、それをもらって目を白黒、お客様から白い目で見られたことも。

社会の中堅どころになって（そもそも中堅によくぞなれたものと思うが）、思い起こして汗顔の至り……、と、そんな生易しくはない、珍妙で稀有なアホであるが、その男は一つひとつ、それはそれは真面目に、失敗し続けてきたものである。

どつかれる前に勉強する

だが世の中はよくしたもので、そんな男にも、どつかれる前に教えてくれる人が現れた。

十八年勤めたSP社を辞めてサラリーマンを脱落して、電子エンジニアリングの会社をつくる決心をしたとき、それまでの取引先T社の総務部長から、分厚い本〈経理総覧〉を贈られた。

男にはまだ難しい本であったが、会社には経理が如何に大切なのかを教えてもらったのである。親密にはさせていただいていたが、そんな深いおつきあいではなかったと思うのに、海のものとも山のものとも分からない世界に飛び込む危なっかしい男を、見るに見兼ねて手を差し伸べて下さったことが分かり、自分の足りないところを教えてもらったことが分かって、気を締めなおしたものであった。

目をかけていただいたことを単純に嬉しがるだけでなく「よしっ!! 一から勉強のし直しや!!」と思い至った分だけ、その男にはまだ救いがあった。

会社というもの、社長の、ごく日常の言動に対する社会の反応は厳しい。即日直截にくる、或いは一ヵ月も半年も経ってジワジワとくる。この、忘れたころに来るジワジワが、より恐ろしい。自分にとどまらず社員全部の家庭と暮らしに及ぶ。会社の将来にも及ぶ。

この因果応報はどつかれる前に会得しておかなければならないと、肝に銘じた。

研修に喰らいつく

斯くして、仕事にダボハゼのように喰らいついていったように、東西の勉強会研修会にダボハゼのように喰らいつき、参加するようになっていく。

大阪商工会議所、東京経営戦略研究会、中小企業家同友会、ロータリークラブ、稲盛和夫塾、果ては仏教講座まで。新命将《あたらしまさみ》さん、鎌田勝《かまたまさる》先生を初めハウツー本も乱読した。

それで企業フィロソフィーを作った。社員にも熱心に研修し、浸透させていった。戦略戦術も習って、新規事業、新規取引先にも、ダボハゼのように喰らいついていった。

こうして手塩に掛けて三十年、人財百二十人、無借金経営の会社に育てた。

企業継承

この男には娘が二人いた。これという人物を見込んで長女と見合いさせたりしたこともあったが結ばれず、時は流れて、社員の中から次期社長を託し、次の世代に継承した。

だが数年後、その社長にも社員にもあれほど浸透したと思っていた《ダボハゼ》も《フィロソフィー》も薄れていることを知り「これはアカン」と気付いたときには、あまりにも会社から離れ過ぎていた。

そして、会社の勢いは衰えていく。

どつかれて知った社会の仕組みを、次の世代に継承することはできなかった。男の人生の中でおそらく、最も深く長く悩みに落ち込んだときである。己の人間性が堕ちるくらいに。

人は、自身がどつかれて覚えたことしか身につかないのだろうか。

つくづく思う、理念を根付かせるのは難しい。百年二百年企業の暖簾はどうして作ったのだろう。

時代のせいにはしたくない、全部自分に返ってくる、どこが間違っていたのだろう?

一二　這いずり人生

学校で

中学生のとき放送部で、校舎の天井を這いずり回ったのが事の始まり。

そのとき、その後の生業《なりわい》の随所に、こんなにも多く這いずり回りが登場するとは思いもかけなかった。

大阪府立今宮工業高校（今は今宮工科高校）電気科。昭和三十二年四月、十五歳になったばかりの少年は、当時は難関と言われた試験を突破し、中学を卒業して既に働いていた兄姉と、母親代わりの叔母の期待を一身に背負って、ピカピカの一年生として勇躍校門をくぐった。

中学生に毛が生えた程度の少年には、高校の空気は随分大人びていて、好奇心というか知識欲に燃え「よしっ!! 何でもやったる」。

言わば職業学校であったから、教室の授業の他に実習もたくさんある。最初の実習が、天井での配線工事であった。「これは任せとき!!」と得意になって、クラスで一、二を争って仕上げたものだ。

そのとき一、二を競った男Sが無二の友人になり、後年お互いに家庭を持つと家族ぐるみで交流することになる。Sがアメリカ勤務のときなどは、夏休みになると中学生小学生の娘をニュージャージーのSの家に長期ステイに出したほどである。

後期高齢者をだいぶ過ぎた今も友人である。天井を這いずり回って知り合ったのが縁であった。

天井が取り持つ縁というのは、不思議ではないか、珍しいではないか。

会社勤めで

時を経て家電大手SP社に入ったら、音響設備機器の技術部門に配属された。それは必然的に建築工事の一端を担うことになるのだ。家電メーカーでこんな仕事をするのは、宝くじで十万円を引き当てるに等しいレアごとであった。そんなこんなで、ここでも天井との縁は切れない。

大阪近畿は勿論、四国、中部、東海、関東、東北、沖縄と、ある時期ある意味、全国各地の建築現場が職場みたいなものであった。

そこには必ず天井があって、這いずり回る。東京蒲田では有線放送の工事で屋外の電柱にまで登った。

会社経営で

昭和の五十年代、建物の火災煙感知器の警報は電動サイレンであった。手動サイレンもあったかも知れない。これが消防法の改定で全ての感知器に放送設備がつながり、電子音サイレンになった。天井につけたスピーカーから「ウウォー!! ウウォー!!」と鳴り響くアレである。

そのため全国の、一定規模以上のビルで放送設備の改修工事が行われたが、会社を起こして最初の仕事がそれであった。特殊音響機器メーカーT社から請けて、毎日毎日、あちらのビル、こちらのビルと、大阪近辺を、髪振り乱して駆けずり回った。これも天井に関わる仕事である。

それから間もなく、それは昭和五十四年一月に起きた。三菱銀行北畠支店強盗人質立てこもり事件である。思い出すさええげつない、ここに書くことさえ憚られる陰惨な怪奇事件であった。

ところがこれが、思いもかけない仕事を我が社にもたらすことになる。事件のあと、全国の都銀、地銀が一斉にＴＶカメラとビデオテープレコーダーを導入するようになった。その配線設置工事が入ってきて、近畿一円の銀行の天井裏を、又しても這いずり回るようになったのだ。

当時の銀行の天井というのは、防火耐火も規制がなく、木の桟にベニヤを下から打ちつけただけというもので、上がって見るとそこには、無数の釘の先が飛び出していた。高さ五十センチの空間をどうやって動き回ったのか？　五十センチ四方、厚さ二センチの板を二枚用意して、それを前後に動かしながら進むのである。芋虫そっくりだ。

まあしかし、この仕事は発足間もない脆弱な会社の、財務の基礎を作ってくれたのは覆うべくもない。これが次の、またその次の発展につながっていった。

その次は天井ではなく、地下鉄のホームの下になるが、設備がらみの仕事はこの辺りで終わった。

その後我が社はＯＡ電子機器のメンテナンス会社に特化していき、久しく天井に登ることはなくなった。

思い返してみると、少年から青壮年まで、この男の生業《なりわい》には節々で「天井が深く関わっていた」。

一三　そして親になる

子が親にしてくれる

平成二十五年『そして父になる』という、当時興行収入観客動員トップで評判になった映画があった。病院での赤ちゃんの取り違えに端を発した情感豊かな物語であるが、これはそんな立派なものでは全くなく、自業自得で結局親になり損ねた男の話である。

子供が生まれたから親になるのではない、とは世間でよく言われることだ。そして「子供が親にしてくれる」、これは真実であると思う。

♪大きい事はいい事だ♪　♪ＯＨ!!　モーレッ♪　『二十四時間戦えますか!!』こんなＣＭが流行っていた頃、大企業の工場は別として社会の前線では、今では考えられない十二時間労働、週休一日。

別に強制ではなく、ブラック企業ではなくても誰もがごく当たり前に勤労していた。休みは日曜日と祝日だけ、土曜日はよくて半ドン、祝日の数も少なく振替休日なんてサラサラなかった。

その週一回の貴重な休日、私はとにかく子供と遊んだものだ。先輩同僚が「昨日は家族奉公でぐったり」、これが週明けの挨拶みたいなものだったが、私にはそんな実感はなく疲れもしない、むしろ明日への活力源であった。

そして子供に「こんな自分をよく親にしてくれた」、本当に心からそう思って「ありがとう」。

二人の子供は千葉県で生まれた。二人とも女の子。そのころ、妻の出産に立ち会う風習はまだなかった。「生まれた」と連絡を受けて会社から急きょ病院に駆けつけて、ちっちゃなちっちゃな赤子と対面したとき、この手に抱いたとき、感動で涙が出た。

寝顔をじっと見る

時を経て京都で、子供が小学三年生と幼稚園の年長さんになったとき、自分の辛抱の足りなさでサラリーマンを脱落して、大会社を辞めて独立しようと決心した。会社設立の目途が立ち、辞表を出そうとした前の晩、二人の寝顔をじっと一時間、見入った。

このいとけない、自分しか頼れる者のいない子供、自分を親にしてくれた子供に、「責任が取れるのか」と。

昭和の五十年代に入った、あまり景気がいいとは言えないころのことであった。

この一時間の、きつい思いが原動力になったと思う、とにかく遮二無二働いた。ダボハゼのように仕事を取った。ない頭を使って考え考え抜いた。五年後、人様の助けと運のよさもあって、少しは会社らしくなった。それでも息をも継がず走り続けて、一日十四時間は家にいない、会社人間になっていった。

会社は大阪西区から北区天神橋、住まいは京都八幡から甲子園になっていた。

そして親になる

仕事に夢中になっている間も子供は成長していく。上の子が反抗期に入ると、下の子も真似をして、特に男親からはドンドン離れていく。戸惑うことも多く寂しくもあったが、大人になっていく誰もが通る道、先ずは順調に育っているのだと、自分に言い聞かせた。

それでも受験や進学や就職という節目のときは相談され、口を出し、父親としてかかわることはできた。

やがて二人とも成人した。出来の悪い親であったが「これで何とか親になれたのかな?」と、そのときになって改めて思った。親の荷を半分降ろした気になってちょっとホッとしたものである。

子供に見放される

しかしまだ先があった。

親の務めの仕上げであるとともに晴れ舞台である子供の結婚の前に、私は親であることを放棄してしまった。離婚である。こればかりは何とも言い訳のしようもない、成人していたとはいえ、強烈なインパクトを与えてしまった。

離婚の話をしたその夜、長女は「お父さんは女の敵よ!!」、次女は「このことは一生忘れません!!」強烈なパンチを喰らった。

結局おしまいのところで、親になれなかった。

じいじ

子供たちは私の知らぬ間に結婚し家庭を持った。

二年経ってようやく、先ず長女と親子のつき合いが復活した。次女とはもっと先になった……孫と会わせてくれたのは二歳になってからである。それでも嬉しくて嬉しくて、その後ずっとじいじをしている。

子供には、どことなく引け目を感じ続けながら。

令和二年に入って二月、七十八歳の誕生日に次女一家が、前年十月末に独り入居した神戸御影の老人ホームに来てくれた。

孫は上の子が小学校五年生、下が二年生。ケーキを囲んでHappy Birthday To You

をしてくれた。嬉しかった。

この孫たちもそろそろ思春期に入る。そうなると一緒に遊んでくれなくなる。子供が無邪気に親を慕ってくれるのは物心ついてからせいぜい十年、じいじと遊んでくれるのも十年。その二回とも経験できたことは幸せなこと。

「じいじにしてくれてありがとう」。

一四　八〇五〇問題

就職氷河期

平成十四年のお正月、還暦を迎えてある雑誌に次の文を寄稿した。

午年の抱負『六十歳にして世に問う』

就職難、氷河期と言われて久しい昨今、求人と求職者の人数のアンバランスは確かにあるがそれは、大企業が求人を控えたのが大きく影響したのであって、中小企業では人が足りていない、依然として人材不足という実情はあまり知られていないと思う。

バブルの時代に見向きもしてくれなかった学生が、私たち中小企業にも来てくれるようになった。この機に多くの求職者と面談を重ねる中でフト気づいた。「会社が求める人材と求職者の意識がずいぶん乖離しているのではないか」「若者の社会対応力がずいぶん低下してきているなあ」ということである。特にこれから就職活動に入る学生が、会社に入ることが目的で、その会社で何をするのかに考えが及んでいない。せっかく就職しても「こんなはずではなかった」と、三年で職を離れるのが三割という。

そんなこんなの憂慮から、社会教育を『産学共同』で実践することに思いが至った。先ずは大学が持つ基本理念と擦り合わせを行い、一年次から、就職活動に入る三年次にかけて計画的に、人生哲学や社会に力強く生きるノウハウを教え、加えて小集団活動の中で、双方向で自らを知る指導を行う。同憂の士で『意』のある方が、私の周りにもたくさんいらっしゃる。そのスタッフが、各学校と社会のニーズに合わせて多様な授業を行う。このボランティアのような事業を立ち上げた。

令和の今読み返してみて「気負っているなあ」と汗顔の至りであるが、実際に二つの大学と契約して三年間、二コマの枠を取って実践した。がその次の年、同じ趣旨で事業展開を始めたリクルートに入札で負けて、終わりになった。結局、就職戦線への効果も分からずじまいで悔しい思いをしたものだ。

八〇五〇問題

この『就職氷河期』が、平成末期になって『八〇五〇問題』として甦ってきたことに驚きを禁じ得ない。

あの時代、まともに就職ができなくて、また就職できても三年で辞めてしまって無職者に……社会から離れてしまって適応できなくなり……引きこもり。時を経てその若者が四十歳五十歳になって、保護してきた親が七十歳八十歳になって保護しきれなくなって。これが『八〇五〇問題』として巷間に喧伝されるようになったのである。

折りしもこの拙文を書いていたある日の新聞。「兵庫県宝塚市が就職氷河期世代を対象に職員募集をしたところ、三人の採用枠に全国から一八一六人の応募があったという、倍率六〇〇倍である。宝塚市長は『改めてこの世代への支援の必要性を強く感じた。同様の取り組みが他自治体や企業にも広がってほしい』とコメントを出した」。

（令和元年八月三十一日サンケイ夕刊）

働く人口減少の今、『八〇五〇問題』も相まって、政府が腰を上げてその対策に乗り出す、予算もつける動きになっているという。

昭和の終わり十年と平成の二十年を、社会の端くれで会社経営に求人に一所懸命取り組んできた。その十余年後に、こんな現象に出くわすとは予想だにしなかった。アレがこんな形になって顕れてこようとは!!　世の流転と言おうか因果と言おうか、鳥肌が立つ。

一五　阪神淡路大震災から二十五年

二十五年後

あれから四半世紀、二十五年の節目は年号も変わって令和二年。昨年末からＴＶ・

新聞で、阪神淡路大震災の放送と記事が満載であった。

あらためて永久保存版、放送局制作のビデオを取り出して見てみた。自分が現場に立って見聞きした生々しい映像に、やっぱり涙を禁じ得なかった。そして、確かあのとき、直後に手記を書いたことを思い出して、古い紙束を探したら、あった。

後の『東日本大震災』とは比べるべくもないが、当時をまざまざと思い出して、ここに、どうしても書き綴りたくなった。

そのとき

平成七年一月十七日。父の祥月命日。十五〜十六日の連休明けの火曜日。午前五時四十六分、それは突然やってきた。

『ドッカアーーン！！！！！』地の底から雷百個。

『ドッスウーーン！！！！！！』畳に敷いた布団に仰向けに寝ていて、突き上げられ、叩きつけられる。背中が痛かった。

『部屋が菱形』になって揺すられている……真っ暗なはずなのに、何故か鮮明に菱形に見える。

『ガッチャン！！！！！』『ガチャガチャガチャガチャガチャーン！！！！！』

家中でガラスを叩き割る凄まじい音。

「しまった!!　地震対策なにもしてなかった！！！！」

以前東京や千葉に住んでいてしょっちゅうユラユラくるものだから、防災グッズは常に用意していたのに、と瞬間頭をよぎる。甲子園の海際にある四階建てマンションの四階、４ＬＤＫの一室……兵庫県南部地震《阪神淡路大震災》の幕開けである。


ともかく家族の部屋へ、眼鏡をかける余裕もなく膝立ちで襖をガラリ、瞬間腰から落ちて四つん這い、敷居の辺りでそのまま動けず頭を抱えるだけ。「地震が来たら火を消せ」というのは「これは無理」と、身をもって実感。

感覚で二十秒ほどで終わった……真っ暗……しいーん……一瞬の奇妙な静寂。

思わず大声で「大丈夫かー!?」「ハイ」「ウン」これは女房と長女、「ゆきはー?」細い声で「大丈夫う」次女である。

ホッ!!

小さな懐中電灯一本とロウソク数本、携帯ラジオは一台もなく。

四人茫然と、しかし互いの無事に安堵しつつ、思い思いに勝手に動き回る。

長女の部屋。家具や飾り物やたくさんの本や何やかやが崩れていると思いきや、あっ、これは見慣れた風景、いつもの通り。日ごろから片付けがあまりされていなくて、床に雑然と、ただ並べてあったのが幸いしたのか。TVが落ちてこないように「足で突っ張っていた」という。今日、スキーに行く予定で起きていたら突然『ピカアッ!!』と光って、びっくりした途端にガッチャアンときた。「何が何だか分からなかった」。

次女の部屋で驚いた。「ヒヤッ!!」とした。重い本箱がベッドに倒れ込んでいるではないか。真っすぐ倒れていたら胸から腹へ……ところが捻じれて倒れてくれたのか、ベッドの足元に斜めになって止まっている。奇術を見ているみたい、次の瞬間「ゾッ!!」とした。

女房の部屋、ウーン、あの重量物の大きなタンス群が倒れるどころか、動いてもいなかった。これは置いた方角でずいぶん違うのだろうと思ったものである。

自分の部屋。寝ている布団の真横の、これこそホントに重い本箱が動きもせず扉も開いていない。その代わり、暗い中でよく分からないが、大切にしていた壺や花瓶、ぐい呑み、人形などが、あたり一面に散乱していて、壊れているものが、だいぶありそうな……。

台所の食器棚の瀬戸物やコップは全滅、床一面にガラスの破片が降り積もっている。

何分たったか、思い出したように「スリッパ履けよう!!」。

細い灯りの中で、この現状を惨状をなんとなく、確認しておきたい、人に訴えたい、このままにしておこうかなあ、と、妙な気分になる。女房殿はそんなことにお構いなく、どんどん片付け始める。

三十分くらい経ったか、夜の白々明け初めのころ、「クルマのラジオ聞いてくるわ」。セドリックは大丈夫だった。駐車場の他のクルマも、何事もなかったようにいつものように整然と並んでいる。

カーラジオを聞く。五時四十六分近畿地方に地震発生。震源地は淡路島の北部、マグニチュード7・2。震度、神戸6、大阪5……。この震度6は、この激震を表しきれないとして、後に震度7が新設された。

団地内の地面や道路のそこここにたくさんの地割れ、棟と棟の間のレンガ道が全面凸凹にひっくり返っている。吹き出た泥、これをあとで液状化現象と知る。これらを、珍しいものを見るように驚く。

一階階段下のエントランスに入ろうとして躓く、そのときは何が何だか分からなかったが、建物の周りの地面が、ぜーんぶ一様に、一五センチほど沈んでいたのだった。これもあとから分かったことだが、その一五センチの上下のため、外と建物を結ぶガス管も水道管もブチ切れたようだ。それにしてもこの建物、余程キッチリと地下深くの岩盤まで杭を打ち込んで建ててくれていたようだ。この段差は修復しようもなく、セメントでスロープを造って埋め合わせされたことも後日談。

ご近所の見知らぬ人と思わず「怪我はなかったですか!?」

ガスの臭いがジワジワと、それでも暗闇に耐えられずローソクはつけていた。

動顛が少しおさまると、さてどうしようか。大阪に住む兄弟親戚に無事の知らせや。阪神間に住む社員の安否や。電話の通じるところから順番に……四、五ヵ所かかったところで、すぐに通じなくなった。

少しずつ明るくなって、長女がヒョイと南にひらけた海、湾岸道路を見ると、「アッ!! 橋が落ちてる!!」ななななんと、半年前に開通したばかり、阪神高速湾岸線の橋桁が、大きな滑り台になっているではないか。ここ何年間か、巨大プロジェクトの工事をずっと、指呼の間の沖合いに見守り続けてきた、あの橋だ。

居間のピアノが一メートル動いていた。TV台のキャスターが見事破壊されて傾き、TVが三分の一、身を乗り出して辛うじて止まっている。その上に置いてあった〝レーザーカラオケ〟が壁との間にドスンと落ちて、あの丈夫な同軸ケーブルがブチ切れている。音響ラックが、上にアンプなどの重量物を乗せたまま三メートルも飛び出していた。

和室。机に置いていた年賀状が六畳の部屋いっぱいに散乱していて、むしろこの軽いモノが揺れの激しさを象徴しているみたい、と思った。

アッ!!　こけし人形が首から折れて転がっている。

しかししかし極めつけは、座敷机の上を飾っていたメキシコの重い陶器の人形が、それから左横（南方向）へ一メートル半ほど離れて畳に直に置いていたタイガースの置物、ガラスケースの中の虎の頭に、脳天逆落としのままで止まっている。三〇センチ立方くらいのケースのガラスは、四方は無傷で天井だけが粉々。メキシコ人形が、ドン!!　と突き上げられた最初の一撃で空中に飛び上がり半回転、その瞬間横揺れで、今度は畳とともに虎のケースが右（北）へ動いたところへ落ちてきて、こうなったのかと想像する。ということは、四階建ての鉄筋コンクリートのビルが一メートル半も動いたのだ!!

だいぶ明るくなってきたが、依然電気が来ない。TVも使えない。情報が入らず、我が身の回りと周囲の様子から、被害を想像するだけ。

あれは八時ころだったか、電気が来た。TV台の下に〝サザエさん〟の本を重ねて置いて支え、アンテナを応急処置でつないで映った。神戸市内で何ヵ所か火災が発生、阪神高速・名神高速・各鉄道すべてストップ。阪神高速の高架桁落下の模様、死者、怪我人が出ている模様。

家の中、とりあえず危なく見えるところだけ応急に片付けて、「ちょっと会社見てくるわ」と、クルマで大阪に向かう。団地前の道路に出て驚いた。道中泥だらけ、今津高校の前まで行くと、水泥が一〇センチ以上も、道全部を覆っている。ふと見ると、あの大きな自販機が三台並んでドテンと倒れている。

臨港線から笠谷の交差点を経て四三号線へ。だから甲子園で阪神高速の橋桁が多くのクルマを乗せたまま落ち、またスキーバスが半身乗り出して空中に止まっている、あの現場は知らずに通過した。武庫川の橋は渡れた。四三号の真上を走る高速から、おびただしい数の構造物が落下して、散乱している。大きいのは、電柱のような筒状の鉄骨が一車線を塞いでいた。『地震被害発生通行止め』の電光掲示板が物足りない。

もちろん大渋滞。そのまま大阪梅花の交差点まで流れにクルマをまかせて行く。家に情報を入れようとするが、携帯電話も通じなくなってしまった。そのうちに社員のA君B君Cさんから携帯に電話が入ってくる。受信だけはできるようだ。「電車が止まっているので出社が遅れます」。みんな大阪の人たちだ。「何を悠長な!!」「それどころやないで!!」「何かズレとるのとちゃう!?」と、ブツブツ。

野田阪神を過ぎて梅田に近づくにつれて、何ともない日常の光景に変わっていく。彼我の落差が激しい。二時間あまりで会社に着いた。思わず天神さんの門の屋根を見ると、一枚の瓦も落ちていなかった。

会社のシャッター開くかなあ……ドキドキしながらボタンを押す……ちゃんといつも通りにスムースに上がっていく。事務所、一見何ともなっていない。よく見ると、戸棚のほとんどのガラス戸が開いていた。壁に所々ひびが入り、下の床に、うっすらと粉が散らばっていた。

さて何をしようか。やっぱり社員の自宅に電話や。そして、心配しているやろう自分の親戚に「家族は無事だった」との連絡や!!　だがそのときには、携帯も固定電話も通じなくなっていた。

そしてTVをつけてそれを見て、この地震の歴史的巨大さ、被害の歴史的重大さが、少しずつ我が頭にも入ってきた。

TVに映る神戸長田の火災の悲惨さを見て、我が家と連絡が途絶えていることも相まって、急に不安がいっぱい。「こんなことしていていいのか」。矢も盾もたまらず、会社の後事は出社してきたE君に頼んで、甲子園の我が家へ。

直後の手記はここで終わっている。が、これは、これから、悲惨に直面する、その序章に過ぎなかった。

翌日

社員のお父さんが亡くなったと一報が入った。長女の親友が行方不明という連絡が入った。ともに夙川である。早朝から〝激震地〟を動き回ることになる。

二人して車で北に向かう。高架の阪神高速と四三号線を潜《くぐ》るのは恐怖であった。あのでっかい橋桁が至る所で落ちており、斜めになった地上との僅かな隙間を、人が頭と肩を下げて通っている。隙間の少し高いところを探して通るが、車の天井がくっつきそうでヒヤヒヤ、いつ落ちてきても不思議じゃない壊れようにビクビク。ようやく潜り抜けた先の道も、たくさんの電柱が電線を垂れて倒れている。民家も倒れて道路の半分をふさいでいる。そこを縫うようにして、そろそろと通るのだ。

西宮体育館のある中央運動公園は自衛隊の臨時基地になっていて、二つローターの巨大なヘリが、轟音とともに土埃を舞い上げながら着陸してきた。「ああ助けにきてくれているのだ」と、大変力強く感じた。

夙川に近づくと、辺り一面土色に変わってきた。幅十メートルくらいの川に、向こう岸に並んだ民家が落ち込むように崩れている。

社員のお父さんは、一階に寝ていて二階が落ちてきて即死、仰向けに寝かされたお顔は土にまぶされていた。普段なら葬儀屋さんが来て清拭しているのに。長男（社員）はスキーに行っていていなかった。自責に駆られ「無念」と涙を流していた。

手を合わせ、用意していったおにぎりと熱いお茶の入った魔法瓶をご家族にそっとお渡しして、その場を去った。

お父さんの葬儀は、二ヵ月もあとの三月になった。

長女の友人の自宅へ行った。ほとんど住居の態を成していない。すぐそばで、数人の男がシャベルカーで静かに地面を掘り起こしていた。「人がいるんですか」「そうなんです」。

それから、あっちの体育館、こっちの小学校と捜しまわった。どこも五十体百体の遺体が並んでいる。遺体の上に『どこの誰それ』と書いた段ボールの切れ端が乗っていた。中に、遺体を抱くようにして添い寝している方もいらっしゃった。

入り口で合掌し遺体に合掌してお顔を覗き込む。

探しあぐねて、西宮警察にたどり着いた。ここも庁舎が半壊で、外庭にテントを張って執務している。

氏名と現住所と出身地を告げたら、たちどころに「その人は亡くなられて○○病院に収容されています」。泣き崩れる娘。

もらい泣きしながらわたくし、そっと、「警察も頼もしいのだ」。あまり相応しくないことを思ったものである。

そのあと

困難な生活が始まる。二ヵ月間、水とガスが来なかった。

ガスは、携帯コンロとボンベが先輩や友人から、大阪から堺から、東京からも、ご近所にお分けするくらい送られてきた。

問題は水である。炊事や飲み水の量はしれている。風呂は端《はな》から諦めているが、大量に使うのはトイレであることを身をもって知る。これも、二十リッターのポリタンクをたくさんいただいた。

これらのモノは全部、スーパーではすぐに売り切れになっていたから、大変助かった。

携帯コンロ、ガスボンベ、ポリタンク、インスタント食品、あたたかい励ましの言葉……人さまの厚い人情に涙して感謝した。

こんなときに大阪へ行くと普通の生活、経済活動をしているのは、これも助かった。毎日会社へ行くとき、クルマのトランクにポリタンクを六個積んでいく。会社や仕事先で水道水をもらい、満タンにして帰ってくる。

四階までの階段はしんどかったが、長女が細腕で、二十リッター二十キログラムを両手に提げて上がっていくのを見て、健気な姿に成長を思い、胸キュンとなる。

自衛隊。たくましい救援活動に涙し、給水車に助けられ、「自衛隊、頼もしい限りだ」。

消防隊。大阪市内を神戸に向かう消防車、そこに〝新潟県消防本部〟と書かれていて、全国から助けに来てくれているのだと涙ぐむ。

お風呂。一週間ほどして、大阪の姉の家に行った。そこで風呂に入れてもらった。

この一週間風呂なし、ドライシャンプーで過ごしてきた娘たちの、心の底から喜んでくれたあの笑顔が忘れられない。「ああ幸せ」。

甥っ子の嫁が、新鮮な野菜をわんさかと刻んで持たしてくれた。乾物ばかりの食生活にあって、ものすごく嬉しく、活力が甦る。

このところ、なんだか涙っぽくなってしまった気がする。

二ヵ月経って水とガスが来た。

人の世のありがた味と水の大切さが身に染みて分かったはずなのに、それから一ヵ月も過ぎると、当たり前にもどっていく。

こんな風化はさせてはならない。

一六　この世とあの世の境目《さかいめ》

その一　赤ちゃんの蘇生

腸重積という病気がある。一歳前後の乳児に多いと言われ、腸が腸の中にはまり込んでしまうという、緊急の治療を要する恐い病気である。

昭和十七年というから戦時中、今に比べると医療も進んでいなかった時分に、生後五か月の赤ちゃんが罹ってしまった。

手術したあと蘇生せず、「あと三十分、息を吹き返さなかったら諦めて下さい」と言われた。両親の祈るような時間……運命の三十分……その子は弱々しい鳴き声を上げた。

という話を、私はもの心ついてから何度も聞かされた。「お前はいったん死んでいた体」。だから大事に、腫れ物にさわるようにして育てられたらしい。

手術の痕の縫い目は身体の成長とともに大きくなって、今も生々しく右下腹にデンとある。お医者にお腹を見せるたび「これは何？」と聞かれる。生死の境目に行った、今となっては唯一の証しである。

この傷は中学のころまで、冬になると鈍痛があった。幼児のときからずっとヤンチャをしなかった、運動も控えていたせいか、運動神経はあまり発達しなかった。今でも鈍い。特に球技がダメで、草野球でフライを飛ばされると、どこに落ちてくるのか勘働きがなく、ボールは頭のはるか上を通過して行って恥ずかしい思いを重ねた。交際《つきあい》で始めたゴルフもからっきし、今もって下手の横好きである。

そんな男が七十八歳になった。還暦を越えてから、大腸ガンや脊椎管狭窄症の他、数々の病気手術はあったが、両親の生きた歳を遥かに越えて、まあ健やかに生きている。

その二 河童の川流れ

奈良から出て大阪湾、堺市にそそぐ大和川という、まあ大きな川がある。それが大阪南河内の道明寺辺り（今の西名阪高速‐藤井寺ＩＣの近く）で、石川というこれもけっこう太い流れの支流と合流する。

その石川を少し南へ遡った古市の、近鉄南大阪線吉野線の鉄橋の下が当時（昭和二十年代）の子供の遊び場で、学校にプールなんかサラサラない時代、夏になると毎日のように水泳、というより水遊びに行っていた。

ある年、台風か何かで増水していたにもかかわらず子供ばっかりで判断もつかず、いつもの調子で行った。私は五歳くらいだったか、年子の兄と姉と近所の子と。

そして橋脚の脇のえぐれた深みに足を取られて溺れてしまった。流れは疾い。兄も姉も他の子も、なすすべもなく大騒ぎ。

と、近くで畑仕事をしていたおじさんが気がついて、だだだだーっと駆けつけてくれて川をざぶざぶ!!　五十メートルか百メートルか、流されたところで助け上げてくれた。溺れた途端から何も覚えていない。石だらけの岸へそっと降ろされたとき意識が戻ったようだ。

さあ、それからのことはハッキリ覚えている。みんな一列縦隊になってわあわあ泣きながら、田んぼのあぜ道を歩いて帰ったことを。

あのときあのおじさんがいなかったら、こんな文を書けていない。

おじさんのことは……どこの誰かも分かっていない。

その三　三途の川

平成に入って間もなく中小企業の社長が集まって《曼陀羅塾》という勉強会を行っていた。そこで、ある一つのテーマが終わったのを記念して屋久島へ修学旅行に行った。総勢十六人、平成六（一九九四）年二月二十三日のことである。

三泊四日の三日目、早朝五時に起きて〝縄文杉〟まで行ってきた。ガイド同行で往復正味八時間のセミ登山である。そのときはまだ世界遺産に登録されていなかったので、根元まで行って「ＯＨ!!　縄文杉!!」と抱きついてきた。

一仕事？　終えた達成感と、明日は大阪という安堵感からか、その夜の食事は特にアルコールが進んで二次会となり、ホテル内のクラブに繰り込んだ。そこでも大阪堺出身のママと盛り上がり時間が過ぎる。

やがて一人減り二人減りして、四人が残った。深夜〇時を回るころ、そろそろお開きに。そのとき誰かが「お腹減ったなあ」「うどんでも食べたいなあ」。するとクラブの若いウエーター氏が「私がつくります」。

社長四人とママと仲居さんとウエーター氏の七人がうどんコーナーへ。美味しい美味しいと食べている途中、突然Ｎ社長が「このうどん不味いわ」と言って、その途端ドテンと倒れた。ああ酔っぱらって!!「この大きいおっちゃんを部屋まで連れて帰るのは大変やなあ」と思った途端、私も倒れてしまったようで、それからのことは覚えていない。

気がついたとき、左の腰から腕が痛かったので、左側に、やっぱりドタン!! と倒れたのだろう。腕時計のガラスも割れていた。

あとはあとで聞いた話。まだ美味しいと食べているとき、仲居さんが気分が悪くなった。自分は貧血症なのでそのせいだろうと、涼みに外へ出た。そして三分か五分か……「ああよくなった」と帰ってきたら六人が倒れていた。慌ててフロントに電話して、通じた途端に自分も倒れた。

さあ、上を下への大騒ぎ。ホテルじゅう、小さな町じゅう。

ここにもう一つ幸運があったようだ。ホテルの従業員のお一人が、元国立大阪病院(現大阪医療センター)の看護婦(あえて師ではなく婦と書きます)さんで、こういうときはとにかく温めるのだと、ホテルじゅうにあるペットボトルの中身を捨ててお湯を入れて、身体を包んでくれたそうだ。

やがて島で唯一の診療所のドクターが来られて診察の結果、注射など打たれたかどうか「これで安静にしておけば大丈夫」「時間がたてば意識は回復するでしょう」。

同行の仲間十二人は、四人の自宅へ連絡しようとして、深夜であるし、見通しがたたないこともあって逡巡していたところへドクターの診断が下って、電話は止《や》めようとなったらしい。

私が気がついたのは午前三時ごろ、目を覚ますと身の回りに何か温いものが何個も当てられていて、布団が妙に盛り上がっている。周りを見渡すと、その布団の山があちこちに見える。「アッ!! これは酔っ払い収容所!!」「急性アルコール中毒か」、前後の記憶の脈絡からホントにそう思ったのだ。

「トイレに行きたい」と言ったら『うつ伏せになってゆっくり起きて』、歩こうとしたら二人して両側から抱えられる。「たかが酔っ払いに大げさな」。

布団に帰ったら仲間が心配そうに顔を寄せてくる。「何があったの?」『なんや、知らんのかいな』『一酸化炭素中毒やないか!!』ここで初めて事態が呑み込めた。うどんコーナーで瞬間湯沸かし器を換気扇を回さずに燃やしたらしい。

四人の中で一番最初に目を覚ましたのはN社長で午前二時、次が私でその次はM社長、いちばん遅かったのは午前八時にT社長。

四人は見てきたことを、それぞれ口々に言う。Nさんはただ寝ていただけ、気がついたとき目の前に看護婦さんの膝があって、その奥に目が行ってしまった、と、のんびり。Mさんは「お花畑を見た」。Tさんは「妻とテレパシーのやり取りをした」、この方、目覚めた八時きっかりに奥様から「何かあったの?」と電話があった。

わたくし、向こうの遠いところにきれいな明かりが見えて「あっちへ行きたい」と叫んでいた。現《うつつ》は、酸素吸入が苦しいから剝がそうともがいて、取り押さえられていたという。

翌日（イヤ当日か）、警察官が来て事情聴取があった。新聞記者も来た。島の診療所に連れて行かれて再診を受けて異常なし。

「直後に温めた処置がよかった」とドクター。この元看護婦さんと、フロントへ通報して自分も倒れた仲居さんが命の恩人だ。お二人とも〝偶然〟か〝天の配剤か〟。イヤ偶然ということはなかろう。

その仲居さんを含めてホテルの三人は、無事であったとは知らされたが、ほかのことは、誰も何も教えてくれなかった。

帰りの屋久島空港では貴賓室に通されてＶＩＰ扱い。

西宮の家に帰って食卓を囲んで、家族、妻と子供二人の顔を見たとき思わず絶句、涙が溢れた。「どうしたの？」と長女。「ああ、三人の顔を見ることができた」。辛うじて、そう答えることしかできなかった。

帰った直後に大阪府下で一家四人の瞬間湯沸かし器による一酸化炭素中毒死が報じられていた。一人ひとりが、廊下で、居間で、トイレで、とにかく動作の途中でその姿勢のまま倒れていたという。そっくりやないか!! 不謹慎ながら「楽に死ねる方法が分かった」。

二月二十三日は五十二歳の誕生日であった。


後日談。

その日の内にホテルは営業停止。

運営会社から「大変ご迷惑をおかけしました」と補償金がきた。

一緒に行った仲間たちと『奇跡の生還を祝う会』、これをネタに何回か会を重ねるうちに、おしまいのほうでは『死に損《ぞこ》ないの会』になってしまった。

一七　マイナス六〇デシベルの世界

耳を塞ぐ

馬の耳に念仏、馬耳東風、耳を貸す、耳に入れる、壁に耳あり、小耳に挟む、寝耳に水、耳が痛い、耳を揃える。耳を使った慣用句は多い。

耳を塞ぐともいうが、幼少からずっと、耳を塞がれて生きてきた男がいる。

これはその男のみならず難聴者の代弁、というには烏滸《おこ》がましいが、まあ、そんな積りの一項である。

マイナス六〇デシベル

聴覚感度のことをデシベルという単位で表す。

ＴＶの音は、普通みなさんプラス六〇デシベルくらいで聞いている。私の耳は、左はマイナス六〇デシベル、右はマイナス四〇デシベル。だから微かにしか聞こえない。ボリュームを上げる所以である。家にいても街に出ても繁華街を歩いても静かなものだ。

一方、人付き合いは大好きだし会話も大いにしたい。が、大変不便である。耳に手を当てる仕草も、話し相手のお声が大きくなるので何がしかの負担をおかけしているように思う。だからか、独り静かに身を置くようになったのかもしれない。

晴耕雨読の境遇になった今、買い物や洗濯掃除、食事、風呂やフィットネスの時間をできるだけ切り詰め、昼は手紙ハガキのやり取りと文《ふみ》作りに励む。夜はクラシックをＢＧＭにして本に親しむ、活字中毒になっているかも知れない、孤独を好むようになったのかも知れない。

障害者手帳が交付されるのは、最近また厳しくなって、両耳ともマイナス七〇デシベル以下になったという。

言語不明瞭

昔ある総理大臣が「言語明瞭・意味不明」なんて揶揄されたことがある。難聴者にとって実は、デシベルの他にも抜き難い障害がある。それは普通の人のお話が「言語不明瞭・意味不明」、言葉が判別でき難いのだ。ＴＶなどスピーカーから出てくる機械音はもっと分からない。大きな声で喋っていただいてもボリュームを上げても、あまり効果がない。

これは大きな悩みで、このあたりの事情は健常者に理解されにくいところかと思う。

十年ほど前、比較的ましだった右耳の神経がアクシデントで傷ついて、言語不明瞭がもっとひどくなった。それから、好きな落語の寄席に行かなくなる。映画は字幕のある洋画しか観ない。澄んだバイオリンの音が濁って聞こえ、「ポロポロポロ」のピアノの音が「ポーーー」となる……好きなコンサートにも行かなくなった。楽しみが半分に減った。そのぶん余計、美術館や写真・読み書きの世界にのめり込んだのかとも思う。

人の気配

いま一つ、耳に入った音を脳が理解する時間が〇・一秒とすれば、私たちは〇・五秒かかる（数字は定かでなく、比喩として挙げたもの）。要するに反応が遅いのである。会話がワンテンポ遅れる。

更に、音のしてきた方角が分からない。話しかけられてもキョロキョロする。

そして人の息衝き息遣いが分からないぶん、ＫＹ（空気が読めない）になった。

持病

五歳のころだったたか、左耳の中耳炎を患った。医術が充分でなかったたか、終戦後のどさくさに紛れてか、治らないままに慢性中耳炎になり、幼少青壮老を、難聴と耳漏（耳だれ）に悩まされ続けた。どこに引っ越ししても耳鼻科の医者とは縁が切れなかった。

小学生か中学生のころから、親戚や近所の子らから「つん〇（今は差別用語として禁じられているが当時は何の抵抗もなく使っていた普通の言葉であった）」だとか

「あんたとは内緒話ができない」とか言われ続けてきたものだ。それでもそのころは右耳はマイナス二〇デシベルくらいあったので、人の左側に立つと、何とか会話はできたのだが。

耳漏は、疲れているときとか風邪気味のときに、割に頻繁に出てくる。一種の膿であるから臭い。鼻に通じているから自分に直接的に臭う。

今みたいに綿棒という便利なものがなく、脱脂綿を耳に当ててるだけ。特に思春期には、それが人に臭わないか極端に気になって、出かけるときは何度も掃除をするのだが、ついつい人との距離を置いてしまう。するとますます会話が出来なくなる。結局引っ込み思案に。特に女の子とデートするときには気もそぞろ、劣等感に苛まれた。

ステレオ

会社勤めに入ったら、そのころ出始めの〝ステレオ〟の技術部門に配属された。モノラルとステレオ、理論的に勉強し分かったのだが、実際に聞き分けることはできなかった。四苦八苦している内に一年くらい経ったとき、ある日突然、右耳一本でステレオに聞こえた。不思議であった。人体の素晴らしさに感心し、感動した。

観光ガイド

二十歳になったころ、誰もが通る麻疹のように仕事に疑問を感じ、折から増えてきた外国人相手の観光ガイドになろうと思った。そして給料一万円そこそこのときに大枚五千円を払って、英会話教室に通い始めた。

そのときは耳が悪いことを軽く考えていたのだろう。

ところが日ならずして、ヒヤリングがほぼ完璧にトンチンカンであることが分かった。退学を決めて授業料の返還を求めたが、一銭も返ってこなかった。

日本語も充分に聞き取れないのに、と、このときから英語をモノにすることは諦めた。

手術

十九歳のとき大阪赤十字病院で、三十歳のとき東京慈恵医大病院で、中耳炎の手術をした。何れも評判を聞いて藁をもすがる思いであったが、両方とも全くの失敗、ただ痛い思いをしただけだった。

もう完璧に諦めた。

世紀を挟んで七十歳になった。今は医療技術が格段に進歩しているからと勧められて、大阪日赤病院と並んで耳鼻科では日本一と評判の高かった関電病院で、四十年ぶりに耳鼻科の手術台に身を預けた。

そして、耳漏は完璧に治してもらった。これはありがたかった。世の中が新しく開けた感じになった。聴力回復は、その後も再三手術を重ねたが、これはならなかった。

補聴器

それの前、六十歳台後半のある年末、会社の会議室で年末の打ち上げをやったとき、クラッカーをパンパン!! と焚かれて、右耳の奥、神経が「痛っ!!」まだましだった右耳もマイナス四〇デシベルになってしまった。どうしようもなく、それから補聴器のお世話になっている。

これとて、音量は補うが言葉の判別は不十分。デジタル技術でずいぶん改良されてきたが、まだまだである。

いまはただただ、言語明瞭に聞こえる補聴器を世に出してくれることを祈るばかりである。願わくは、私が生きている間に。

聞くは話すの二倍

情報は、発信する前に受信することから始まる。

口は一つ耳は二つ……何でか知ってる？　とはよくよく何回も聞かされ教えられてきたものだ。


一対一で話すのはまだいい、三人以上になると会話についていけない、洒落た音楽が流れているレストランで洒落た会話はできない、音楽が邪魔になるのだ、これは悔しい悲しい。

食事会で、ＫＹ（空気が読めない）ながらも間合いというかスキマを見つけては、とにかく口を開いて、人の反応を、右耳に手を添えて聞き耳たてて聞く。ときに話題が合わないで場が白けることもある。これでは聞くは話すの二倍どころか一倍にもならない。「分かっちゃいるけど出来ません」。自分の半生（八割生かな？）はその連載物語であった。

タイガースがもう少し強かったら

　タイガースがもう少し強かったら自分の人生もっと明るかった、と人を笑わせるが、耳が健常であったなら今とは違う人生になっていたかも知れない、と思うことはある。

　あのときの出会い、このときのあやで往く道が変わることを思えば、聴く力が普通であったなら選択肢は広かったし違う選択をしただろうとも思う。だがしかし、ゴルフにも人生にもタラレバはない。考えてもせんないこと、想像か妄想でしかない。

　五感が揃わなかったからこそ今の自分がある、アイデンティティができた。活発な行動派の反面、自制的、心配性、取り越し苦労に加えて、内向性、粘着質。

　読書や作文や絵画や写真を楽しむ、孤独を楽しむこともできる。「何もすることがない」ということが全くない、いつでもどこでも何かをしていて、退屈とは無縁の生活。

　それを寄せ集めたのが今の自分である、もう変えられない。

一八　わたしの独り言

徒手空拳で会社を起こし、三十年にわたって中小企業の経営に携わってきた。本体の会社はＯＡ電子機器のメンテナンス、二つ目はＯＡの販売会社、他に異業種で二つの会社をつくったが『わたしの独り言』は、二つ目の会社で平成十四年から二十年にかけて、お得意先様にお送りしていた月間情報誌の『社長のコラム』欄から抜粋したものである。

雪が融けたら何になる

少し前の話ですが、「雪が融けたら何になる?」ある小学校の国語の授業風景です。多くは「水になる」と答えました。そう、「水」が正解だそうです。そのとき一人の生徒が立ち上がって答えました。「雪が融けたら春になります」と。いいですねえ、こんなほのぼのとした発想もあって。

ところが何とこれが×（間違い）なんですと。なんでえ!? 水もよろしいが化学の授業じゃあるまいし、たった一つの答えだけが正解というのがそもそも間違いなんですよねえ。〝春〟はそれよりもっと素敵な、感性溢れた答えですのにねえ。

さきごろ読んだ『ひろさちや』さんの本にこんな話が載っていました。

小学校の算数の時間に、四個のリンゴを三人で分けると一人いくつになりますか？ 答えは一カ三分の一。ところがある女の子が一個と答えて当然のように×になった。で、家に帰ってお母さんが「どうしてこんな問題が出来ないの!?」とは叱らないで、やさしく「一人一個だったら一個余るでしょ、その一個はどうするの？」「その一個はねえ……ほとけさまにお供えしようと思ったの」「でも、それを書くところがなかったの」。お母さんは思わず我が子を抱きしめた。

文科省や学校の先生方は、素早く〝水〟や〝一カ三分の一〟の答えを出せる子を期待しているようです。

もしこんな、何の味わいも奥行もない画一的な教育が、日本国中で為されていると思うとゾッとします。これでは情操教育も、自然に親しみ畏敬の念を抱かしめる教育もあったもんじゃない。

一つの答えだけを要求する無味乾燥な授業が、記憶力万能の偏差値教育が、いま若年層を中心とした日本社会の活性化の芽を蝕んでいる、大きな原因ではないかと思ってしまいます。諸姉諸兄は如何思われますか。

―平成十四年八月―

観・考・推・洞《作家、藤本義一先生の講演から》

あるうららかな春の日、お母さんと坊やが土手道を歩いていました。ふと坊やがしゃがみこんで、「ねえお母さん、白い花が咲いているよ」。お母さんは「危ないからさっさと行きましょう」とは言わないで「どれどれ」と坊やの目線までしゃがみこみました。

「坊やねえ、これ、タンポポっていうのよ」　＝観察

「ふーん、でもタンポポさん、一人で寂しそう」　＝考察

「坊や、よく見てごらん、白い綿帽子がいっぱいついているでしょ。それが風に乗って方々へ飛んでいって、たくさんの仲間を連れてくるのよ」　＝推察

「ふーんそうかあ」「ねえお母さん、来年の春になったら又ここに来ようよう、そしたらタンポポさん、たくさんの仲間と一緒に咲いてるよね」　＝洞察

こんなみずみずしい感性を持ち続けたいですね。

―平成十四年九月―

飲酒運転

アマチュアゴルファーの、ここしばらくの最大の関心事は何だと思います？　飛びの兵器でもなくスイングの理論でもなく……それは〝飲酒運転〟のことなんです。

帰途ゴルフ場の出口で捕まってクルマ一台九十万円とか、高速道路入り口の検問で百十万円とか。初めは一体なんのことやらと思ったのですがよく聞いてみると、運転手が酒気帯びで三十五万円、同乗者が飲酒運転黙認で二十五万円、三人乗っていて七十五万円、計百十万円也。

ゴルフ場のレストランの壁を見ると『運転する人にお酒は出しません』『ノンアルコールビール発売中』見渡せば皆さん、ソフトドリンクか果物でノドを潤していらっしゃる。

家に帰って新聞を開いたら、『夜の御堂筋の駐車違反激減』『郊外のレストラン、売り上げが落ちて倒産も』そんな活字が躍っていました。これ、今年六月からの道路交通法改定の効果なんですって。

「罰則が強化されたからやめる」……私とて埒外に置けませんが、何だかいまの世相、モラルの低下を象徴しているようで、いささか複雑な気持ちにさせられました。ともあれ飲酒運転は犯罪、未必の故意、確信犯であります。いまさら私如きが申し上げることでもございませんが、そのおつもりで自律し、又お人に伝えてあげて下さいませ。

―平成十四年十月―

何故いまコンプライアンス？

すみません、今日の独り言は固いです。なんでしたら読み飛ばして下さいませ。

ここのところ急速に『コンプライアンス』が取り上げられ、またまた新しい和製カタカナ語になって参りました。物質文明が極まって豊かさに狎れてしまった二十一世紀初頭の今、次々に出るわ出るわの企業や官の不祥事、触法事件、内部告発、詐欺。こんな由々しき事態に直面した日本社会の課題として、この言葉が表舞台に飛び出してきたものなのでしょうか。先々月の小欄で、ゴルフ帰りの飲酒運転のことで世相モラルの低下を嘆じましたが、同じ根っこにあるように思います。

私ども会社でも勉強を始めました。

第一段階：法令法律を遵守する
第二段階：会社規則、業務ルールを遵守する
第三段階：企業理念を立て、社会倫理を実践する
第四段階：その上で、人も会社も自己実現

第一第二段階は大原則であり守って当然、犯せば罰則。
第三第四段階で初めて企業は羽ばたき、真っ当な利潤を上げる。
こんな風に定めて、ない知恵を絞り身を引き締めて取り組みをして参ります。

―平成十四年十二月―

令和の今に至ってなお、コンプライアンスが法令順守という所で止まっている一面を見て、お堅い文面だが敢えて取り上げた。

梅一輪　一輪ほどの　暖かさ

今年も三寒四温の季節、さきほど昼食のついでに、すぐ近く天神さんの星合の池に

ある社に、ぶらりと立ち寄って参りました。

ビルに囲まれた百坪ばかりの小さな境内ですが、十種類もの梅が、春霞か雲霞のようにほんのりとした、それは長閑な装いを見せてくれました。

白梅が散り初め紅梅が満開、ウグイスは見られませんでしたが、久しぶりに移ろいゆく季節を肌に感じたものでございます。

時間貧乏な（懐もです）わたくしでございますが、忙中閑ありで、心豊かになって帰って参りました。この時期、花粉症だとか黄砂の季節でもあり、冷たぁいデフレ風も吹いていますが、そんな日常からほんのひとときにせよ、心を和ませることも又大切なのでしょうね。


—平成十五年三月—

かにかくに

かにかくに　祇園はこひし寝るときも　枕の下を水のながるる

—吉井　勇—

さきごろ三月下旬に入った日曜日、京都は白川河畔にある〝かにかくに〟というお

郵便はがき

料金受取人払郵便

新宿局承認

1408

差出有効期間
2021年6月
30日まで
（切手不要）

1 6 0-8 7 9 1

1 4 1

東京都新宿区新宿1－10－1

（株）文芸社

愛読者カード係 行

ふりがな お名前			明治 大正 昭和 平成	年生 歳
ふりがな ご住所	□□□-□□□□			性別 男・女
お電話 番 号	（書籍ご注文の際に必要です）	ご職業		
E-mail				

ご購読雑誌（複数可）	ご購読新聞 新聞

最近読んでおもしろかった本や今後、とりあげてほしいテーマをお教えください。

ご自分の研究成果や経験、お考え等を出版してみたいというお気持ちはありますか。

ある　ない　内容・テーマ（　　　　）

現在完成した作品をお持ちですか。

ある　ない　ジャンル・原稿量（　　　　）

書　名			
お買上 書　店	都道 府県　　　　市区 郡	書店名 ご購入日	書店 年　月　日

本書をどこでお知りになりましたか?

1.書店店頭　2.知人にすすめられて　3.インターネット(サイト名　　　　　　)

4.DMハガキ　5.広告、記事を見て(新聞、雑誌名　　　　　　)

上の質問に関連して、ご購入の決め手となったのは?

1.タイトル　2.著者　3.内容　4.カバーデザイン　5.帯

その他ご自由にお書きください。

(　　　　　　)

本書についてのご意見、ご感想をお聞かせください。

①内容について

②カバー、タイトル、帯について

茶屋さんに、長閑に昼食に行って参りました。

未だ梅の名残の季節で、白川の向こう岸から食事の席にまで、手に届かんばかりに伸びてきている枝垂れ桜のつぼみが、こころなしか膨らみ加減という、そんな風情でございました。

やがて来る春爛漫、枝いっぱいに花をつけてここを先途に咲き誇り、そして一気に散り行く桜の心意気に思いを馳せるにとどまりましたが、いっそ、これから花開くぞ!! と、夢と希望にあふれる今もいいなあ、「つぼみのうちが華」とも思い、咲いていないけれども春本番と同じくらいに気持ちを高ぶらせ心慰められて、帰りの京阪電車に乗ったものでございました。


―平成十五年四月―

日本の三大文化

日本が世界に誇る三大文化ってご存じですか。華道、茶道と、もう一つは香道《こうどう》でございます。

鎌倉から室町時代、他の二道と同時期に、禅の精神を取り入れた香道として格式が確立され、聞香《もんこう》（香木の香りを聞いて楽しむ）と組香《くみこう》（香りを聞き分ける遊び）の二つからなっています。そこへ、古今の五七五短歌を重ね合わせて優雅に昇華されました。

続く戦国の世にも香道は深く静かに潜行して受け継がれ、安土桃山時代には、あの名物好きの織田信長が東大寺の宝物『蘭奢待』（古来の名香）を巡って戦の行方を左右したという逸話が残っています。

そして江戸時代に庶民文化として花が咲き今に至る、というのが、ざっとしたお香の歴史でございます。

ところが〝好事魔多し〟というのでしょうか、江戸時代に、組香が、ゲーム感覚的に数多くの組み合わせが考案され、武士と町人を問わず博打になって大流行……家財産を賭ける輩まで出てくる始末で、遂に幕府から禁止令が出てしまった。これが近世、華道茶道に、香道が後れを取ったということのようでございます。

ともあれ今も続く禅の礼儀……摺り足で胸を張り心持ち前傾姿勢で手を股に添える歩き方、香道具を座に運ぶとき息がかからないように目線より高めにして持つという御殿女中のようなしとやかな姿、道具立てと灰仕舞いをするときの無駄のない流れるような手指の動き。

聞香の優雅な所作。組香の微妙な香りを聞き分ける研ぎ澄まされた五感、聞き分けた結果を古今の歌に託す感性。

これらを通して静寂な心を養い幽玄の境地に至る。

一連の動きをすべて無形文化財にしたいくらいのものでございます。

あなたさまも一度、香道の門をたたかれては如何でしょうか。


―平成十五年六月―

イチローと松井

イチローに首位打者争いについて聞くと、彼は決まってこう答える。「他人の打率はボクがコントロールできるわけではないから、意味のない問いですね」。

松井秀喜は不調のとき、ニューヨークのメディアから『グランドボール・キング』とバッシングされた。気持ちを問われると、「人の書く記事をボクはコントロールできませんから、気にならないですよ」。

これは新聞のコラムから拾い集めたのですが、彼らの生き方の核に、この言葉が共通してあるのですね。

よく言われることですが『変えられないのは過去と他人、変えられるのは未来と自分』、これと同じことを若い彼らが発言し、当たり前のように実践していることに大変感心しました。

人は自分で制御できないことをしようとするから心が乱れる。それが分かれば気持ちはずいぶん楽になる……言うは易く行うは難しと申しますが、大リーグ前半戦が終わった時点での、二人の好成績もむべなるかな、と感じ入りました。

―平成十五年七月―

阪神タイガース

阪神タイガース、この名を思い続けて五十有余年。その間に優勝したのはたったの五回。しかも人生育ち盛りの青年から壮年にかけて二十一年もの空きがある。タイガースがもう少し強かったら、私の人生、もっと明るかった……!?

今年はひょっとしたら十八年ぶりの……「言うまい」「その気になるな」と己が自分に言い聞かせてきたけれど、辛抱できずに遂に言ってしまった「ここまできたら優勝や!!」

それにしても去年までのダメトラは一体何だったの？　星野さんは語る。「目の前のボールを打つ」「目の前のバッターを打ち取る」「目の前のボールを処理する」これだけや!!　これって恐るべき集中力なんですね。

野村さんがBクラスに苦しみながら若手を育てて土台を作り、去年の秋季キャンプから、あわよくばなんて曖昧な願望ではない『優勝』という明確な目標を立てて、続く春のキャンプでも「そのために自分は何をする」。これを一所懸命追求してシーズンイン。

やることは全部やった。あとは今日の試合に全力を尽くすのみ。これが『目の前論』につながるのでしょう。

あらためて思いました。人間、目標を持つことと、その実現のため今日実践することの尊さを。

—平成十五年九月—

この年と、平成十七年に岡田監督で優勝した。

あとは令和二年の今日に至るまで、美酒は味あわせてもらっていない。

零余子《むかご》

いささか旧聞になりますが八月晦日、日曜日の夕方、突然、友人……北新地のママから携帯に電話が入りました。

『むかごって知ってる!?』「………」『秋ですねえ』『マンションのフェンスに〝じね

んじょ〟の蔦が絡みついていてたんでさー、よく見るとさー』（この人埼玉県出身の人）『むかごを見つけたのよ!!』「むかご⁇」『根っこは隣の庭みたいだったんだけどお!!』『摘んできて炊き込みご飯にして食べちゃった』。

お住まいは阪神間、山陽新幹線と国道一七一号が交差する辺りなのですが、そんな街なかの、しかもマンションの壁に自然がある、季節の移ろいがある、口にできるものがある。

隣の竹藪から生えてきた〝たけのこの落語〟のおかしみを思い出しながら、〝むかごを知っている〟〝食べられることを知っている〟人のゆかしい営みと、自然の滔々とした流れに触れた思いで、ほのぼのとしたものでございました。

—平成十五年十月—

大阪天満宮

弊社は大阪天満宮の正門の前、表参道沿いにございます。

ついこの間、境内に植わっている金木犀《きんもくせい》の馥郁とした香りに「秋だなあ」と思ったのも束の間、今はもう〝七五三〟に〝流鏑馬《やぶさめ》〟と晩秋になりました。

この天神さん、初詣から始まって成人の日、二月三月の盆梅展と受験合格祈願、続いてうそまつり（ウソ替え行事）に骨董市、そしてご存じ天神祭り、はては天神踊り、古書市と来まして、それが終わると秋冷の候……神俗とり混ぜて季節は巡り巡ります。

　歴史に培われた伝統の儀式とお祭り、加えて近年の新しい行事が年中催される中、「ああ今年ももうこの時期か」……居ながらにして時の流れを感じさせてくれる、誠に以ってありがたい地でございます。

　日ごろ仕事に追いかけられる身であってみれば、季節季節の味わいをたっぷり堪能させていただけるのも、この地に会社を構える者のご利益《りやく》かと思っています。

　ところでわたくし天神祭りのときに、大阪商工会議所を通じて大枚の冥加金を納めておりますので、日頃はお賽銭なしで、毎朝毎夕本殿に向かって深々と頭を下げ、菅原道真公と親交？　を深めさせていただいています。

　ただお祭りが近くなると毎年、ご近所の役員（氏子）さんが奉加帳を持って来られます。「商工会議所を通じて寄付してますよ」と言っても『それとこれは別』と、いくばくかのお金を再び上納することになります。そして宵宮になると、事務所の中にまで獅子舞が入ってきて奉祝してくれるのです。

　ビルの谷間にあるぽっかりとした空間、市内では珍しい土の庭の天神さんを、どうぞ皆さま何かのついでにお気軽にお立ち寄り下さいませ。

お昼時なら老舗のおいしい〝うなぎ〟を、午後のひとときなら緋毛氈の床几で〝おうす〟をごちそういたしますよ。

―平成十五年十一月―

本と映画

昨日のニュース。アカデミーショーの助演男優賞に『ラストサムライ』の渡辺謙が、外国語映画部門で『たそがれ清兵衛』がノミネートされたとのこと。アメリカでの題名が『トワイライト・セイベイ』というのも面白いなあと思いつつ、受賞の実現を期待しているわたくしでございます。

ところで、活字と映像の話でございます。

『たそがれ清兵衛』の映画、身につまされるものがありましたね。真田広之、宮沢りえもホントによかった。これ、藤沢周平の作品が初めて映画になったんですってねえ。実はわたくし、藤沢周平、市井の情感あふれる話が大好きで何冊も愛読していまして、この作品も例外ではございません。

で、先に原作を読んで、そして映画を観るパターンなのですが、どうしても〝本〟の方が味わいがあるのです。感動も大きいし考えさせられることも深い。浅田次郎のヒューマン小説も好きで読み続けているのですが、やはり評判になった《鉄道員（ぽっぽや）》も《壬生義士伝》も、本の方がよかったように思うのです。

なんでなの？　私の足りない頭で考えまするに……活字は九割の想像力が要る、映像は個人の想像を入れられるのは一割しかない、と言われていますが、「そうだ!!」これなんだと思い至りました。映画になると、作り手が意図するものをほとんどそのまま受け入れざるを得ない。そこへいくと活字は、自分の感性で想像し尚一層ふくらませることができる。

それにつけても、もの心ついたときにはもう〝ＴＶ〟があった世代の方々には、いささか申し訳ない言い方でありますが、想像力の育ち方がちょっと？　しかしだからこそ、意識して本に親しむことが大切なんでしょうね。


―平成十六年二月―

時間

一月行く、二月逃げる、三月去る、こんな言い回しってご存じですよね。今まさにその季節。私なんぞ、月初めにあれとこれはやろうと思ったことが、もう月末になろうというときになって道半ば、アッという間に過ぎ去った時間は、もう取り戻せない、焦ります。いま私があこがれるのは生意気にも「ああ退屈したいなあ」。これって、ないものねだりの贅沢でしょうか。

時間の流れは人によって千差万別と申します。「あれはできた」「次はこれだ」夢中になってやっていると「アッ、もうこんな時間か」。こんな充実の時を過ごせば随分短く感じますし、「今日は何したらいいの?」なんてときはやたら時間が長い（これはわたくしには絶えてないことでございますが）。

そう言えば〝忙しいほど時間を作ってよく遊ぶ〟と申します。逆に暇なときは無駄に過ごし遊びもできない。

楽しいときはごく短く、悲しみを癒す時間は長い。

十歳の子供の一年は十分の一、四十年生きた人の一年は四十分の一に感じるとも申します。

今年も三月、固かった梅の蕾が、このところの陽気に誘われて今日は満開。季節はそこはかと、しかし同じ早さで確実に流れます。それを短いと感じるか早いと感じるか、人の感覚ってあやふやな、だからこそ大変面白いものなんですね。

—平成十六年三月—

失われた十六年

春爛漫、初々しい新卒社員を迎える季節になりました。ちょっと固い話におつきあい下さい。

少し前、関西を代表する私立大学の就職課の先生方と、学生の社会的習熟度について懇談する機会がありました。

『いまどきの若い者は』という言い方、はるか平安時代よりもっと昔から綿々と続いてきたことを皆さん重々承知した上で、どうしても『今の学生は』になってしまう……この平成の御世は年寄りの愚痴の範疇にとどまらず、過去の言い回しとは根源的に違うものがある、という見方で一致しました。

曰く、『自己実現ではなく自己満足』『公よりも私優先』『義務より権利』その割には『社会に活きる力強さがない』。実はこれ今始まったのではなく、ここ数年ずっとこういう〝こきおろし〟をしてきたな、と感じています。

『失われた十六年』という言い方があります。社会の中の自分、これを教えられないできた。高校の先生が「小中と九年間教えてこなかったことを、たった三年で教えられるわけがない」。大学の先生が「小中高と十二年間教えてこなかったことを、たった四年で教えられるわけがない」。就職課の先生は「十六年間教えてこなかったことを、最後の一年で教えられるわけがない」。そうしたら先生、あとは「企業が給料を払いながら教えることになるのですね」。何か笑えない爆笑。

時あたかも数週間前に大阪商工会議所主催で、ワタミフードサービス渡邊美樹社長と松虫中学の原田隆史先生との、具体的で且つ強烈な『社会で活躍できる個の確立』という講演会がありました。お二人の影響力は今後ますます大きくなっていくことでしょう。一方各種ＮＰＯでも、同種の動きが活発になってきている様子。わたくし如きにも、労働局やハローワークから授業依頼が舞い込んでくる……。

若者が社会で力強く生きる、延いては日本の活性化に向けて、〝草の根〟的な動きが、そこここで胎動している、日本も捨てたものじゃない、今が底でこれからよくなるんだ、と確信するに至りました。願わくは、私が生きている間に目に見えて参りますように。

―平成十六年四月―

フリーターからの脱出

四月に続いて同じような話題ですみません。

先日、厚労省‐雇用能力開発機構から依頼がありまして、梅田のユースハローワークで、いわゆる無業者、フリーターへの就職支援セミナーを行って参りました。《会社が採用したい人物》というテーマで『今は人余りではない、できる人不足』『就職できない五つの理由』等、一時間半にわたって超具体的にお話したのですが、そのあとの話でございます。

この種のゼミでは珍しい（ハローワークのご担当者談）活発な質問が相次ぎ、「自分の適性を知る方法を教えて」「職種を絞る意味」「ビジネスとマナー」「親元を離れる問題」等々、予定をはるかにオーバーして四十五分間の延長戦になりましてございます。

嬉しい悲鳴と言ったところですが、そんな中で感じたのは「意外と教えられていないんやなあ」……。でもそれだけに、少し話をしただけで〝砂地に水が浸み込む如く〟受け入れてくれているという実感で、この若い出席者の眼から「このままでは自分はダメ」「何とかしなければ」の意志が伝わって参りますとともに、質疑を活かして実践して「早く就職してくれよ!!」と、祈るばかりでございました。

彼ら彼女らが正社員に採用され活躍するとき、日本の再生、活性化の一端を担ってくれるのだ!!　と、いささか高揚し過ぎと戒めながらも、希望に胸膨らませて会場をあとにした次第でございます。

―平成十六年六月―

避災とエコノミークラス症候群

天高く馬肥ゆるの爽やかな季節でありますが、相次ぐ天変地異で、身も心も心地よい筈の秋を殊更に物悲しく想う今年でございます。多くの亡くなられた方に心より哀悼を捧げますとともに、心身に障害を受けられた方の一日も早いご回復をお祈り申し上げます。

そんな中で、舞鶴の「水没したバスの屋根で一晩……」という一件、皆さん助かってホントによかったと、人の助け合いの強さと尊さに感動しました。ところがこれ、何日か前の予報で台風が来ることが確実だったのですから、旅行を中止できなかったのかなあ、とついつい考えてしまいました。〝避災〟という言葉があるのか分かりませんが、防災に加えて〝難を避ける〟というのも大切な、日ごろの心準備なのではないでしょうか。

新潟中越地震、遂に震度七!! 阪神淡路大震災のとき激甚災害地のただ中で生活したわたくし、どうしても九年九ヵ月前を思い出してしまうのですが、そのときには知らなかった『エコノミークラス症候群』。余震が強烈とはいえ四日も一週間も車の中で生活していらっしゃる姿に、何かしら奇異の感じを持つとともに、行政の助けか、死に至るその前に何か打つ手はなかったのか、と、痛恨の思いを禁じ得ませんでした。

現地から遠く離れた場所に身を置く者の、誠に勝手な感覚と叱られそうですが、大自然の猛威を目の当たりにして脅威を痛感しますとともに、自然の中で生かされている生身の人間、生体の微妙で繊細なバランスを思い知らされました。

―平成十六年十一月―

アンコールワット

先日、経営研究会の仲間とベトナム、カンボジアへ行って参りました。

先ずは外国人技能実習生受け入れ制度の勉強で、送り出す側のベトナムの日本語学校を見学。文法は抜きでいきなり日常会話に入り、それを通じて五S（整理・整頓・清潔・清掃・習慣）やバレンタインデーなど、日本の伝統文化というより現代文化を教え、僅か三ヵ月で仕上げる促成授業に感心、そのスピードと元気の良さに、思わず我が国の英語教育と比較してしまったものです。

ついでに（どちらがついでか主体か分かりませんが）カンボジアへ飛び、アンコール遺跡群を巡って参りました。クメール王朝の宮殿、ヒンズー教と仏教のお寺。日本では塔頭《たっちゅう》というのでしょうか、域内に数多配置された石造りの建物群、東洋のモナリザと称される麗しい菩薩像。それらが、私たちが生きている今まさに朽ち果てていく過程にあって、心の内面に迫ってくる、何とも凄まじい光景でございました。

そして又、壁面に穿たれた夥しい数のレリーフの殆どが戦いの図、削り取られた仏さまのお顔。争いの絶えない人間の愚かしさに思いを致して慄然としました。

さまざまな憂愁を掻き起こしてくれる世界遺産、一度は行って観られることをお薦め致します。

―平成十七年三月―

大相撲春場所

大相撲、二十年ぶりに見て参りました。春場所初日、雪の降る寒ぅい一日だったのですが、大阪に春の息吹を感じたものでございます。

さて優勝した朝青龍はともかく、今場所注目していましたのは二人の大関、栃東と千代大海。

先の初場所のある日、勝った栃東は「あそこで腕《かいな》をもっと上に返さないと!!　稽古します!!」実に具体的に反省。足が滑って負けた千代大海は「あれは事故だよ!!」と、吐き捨てていました。

今場所、前者は朝青龍を破って十勝五敗、後者は六勝九敗。あの野村さんも言ってました。「勝ちに不思議の勝ちあり」「負けに不思議の負けなし」と。そう考えると春場所の結果もむべなるかな。

―平成十七年四月―

ご来光と満天の星

先月二十九日から三日の休みをいただいて、黒部立山から上高地に十年ぶりに行って参りました。このコース、ご存じの通りちょっとしたハイキングコースになるのですが、その中で日常味わうことのない体験を二つ。

立山の内懐〝大観峰〟二千五百メートル、午前五時、気温二度。ピンと張りつめた大気のただ中、藍色の空にくっきりと大きな山体を際立たせる残雪の後立山連峰、南の空に上弦の月。そんなシチュエーションで臨む、三千メートル級の稜線からのご来光でございます。

藍色から少しずつ色を薄めて夜明けの様相に変わってくると突然、鮮やかな朱色の朝焼け雲が現れ、山入端《やまのは》にポツンと輝く一点が……ゆっくりと、しかし見る間に上へ上へとせり出して半円になり、やがて眩しく輝く光の玉に。周りは黄金色と茜色のグラデーション、上空は紫から青に。荘厳な様《さま》に我知らず合掌、「南無阿弥陀仏」と唱えていました。自然の営みに感動、恵みに感謝して。

上高地は河童橋。夜の十一時半、宿の窓からふと見上げる。

残雪の穂高連峰にくっきり区割りされた空に、それこそ宝石を散りばめたように星々が煌めいていた。白く輝く冷徹な星、青っぽい幽遠な星、赤く燃える情熱の星。色も大小も様々にまさに満天の星、「宇宙にはこれだけの星があったのだ!!」。大阪に住んでいてはとっくに忘れていた大切なものを思い出させてくれました。

―平成十七年五月―

あじさいに思う

もう早や六月、爽やかなときは長続きしないもので間もなく梅雨、そして大阪の酷暑。この季節、じめじめと鬱陶しい中で気持ちを慰めてくれるのが紫陽花《あじさい》。私ごとで大変恐縮ですが、この花を見ると想い起こすことがございます。一つは、私が十一歳のときに若くして亡くなった母親の面影。何かの拍子に「あじさいは色が変わるから、お母ちゃんはあんまり好きやない」。五十年経った今も、そのときの情景が何故か鮮やかによみがえってきます。

もう一つは今の会社を始めて間もないころ、京都は清水寺の裏山で、幼い二人の娘と紫陽花の咲く小径を散歩していたとき、みずみずしい感性でカタツムリと戯れながら無邪気に楽しんでいる我が子の姿に、この子らが会ったこともないおばあちゃん、亡き母を思い出して、今、この幸せを大切にしたい。「こんな自分を父親にしてくれてありがとう」と掌を合わすとともに、無量の責任を思ったものでございました。

こんな懐旧の念に浸るわたくし、歳をとってしまったんでしょうか。イヤイヤ、気持ちは若く過去を振り返らず、前を向いて歩こう!!

今月のコラム、わたしくの心事に終始しまして相すみません。

―平成十七年六月―

四苦八苦

電話番号の四九八九。以前ある目的で調べましたら、まさかと思っていたのに使われていたのです。世の中、実にさまざまですね。

ところでこの四苦八苦、聞きかじりでございますが、お釈迦様の大事な教えの一つだそうでございます。生・老・病・死の四苦、愛別離苦《あいべつりく》・怨憎会苦《おんぞうえく》・求不得苦《ぐふとっく》・五蘊盛苦《ごうんじょうく》の四苦、合わせて四苦八苦。

この世に生きる人間須《すべか》らく、生きとし生ける根本に『苦』が同居している。初めの四つは誰もが逃れられない苦、あとの四つはその人の生き様で重くも軽くもなる苦。

仏さまの教えを知り慈悲を信じて苦を苦と成さず、克己して正道を歩むか、脇道に逸れて苦の道を行くか。

わたくしなんぞはいつも脇道に逸れて、苦の道、人生の隘路を歩んでいます。

—平成十七年八月—

幸せの女神

今年のプロ野球、千葉ロッテマリーンズがパ・リーグ三位からプレーオフで勝ち上がり、日本シリーズでも我が阪神タイガースを四連勝と蹴散らして日本一に、究極の下克上と評判を取りました。続くアジアリーグでも負けなし、この間十三勝二敗。「マリーンズはホントに強いのか」と大変な話題になりました。

私は単に時の勢いとは恐ろしいものだと思っていたのですが、面白い評論がありました。「強い弱いは紙一重、リーグ三位というチャンスに『ときは今』と、チーム一丸になって『幸せの女神の前髪』を掴みにいったのだ」。

〝幸せの女神は後ろ髪を引かない〟と申します。〝チャンスは過ぎ去ってから分かる〟ともよく言われます。

『そのとき』に備えて怠りない準備、チャンスが来たと気づく感性、そして決断と実行力。会社経営にとって重大なポイントであることを改めて実感し、気を引き締めているところでございます。

―平成十七年十二月―

感動のCS

一月某日、使い込んだ二本の万年筆のスペアインクを買い求めに出ました。先ずはご近所にある大手チェーン店の文房具屋さん。現物を渡しましたところ直ぐに突き返されて「メーカーはどこですか⁉」さあぁ……とわたくし手に取って、一本は小さな字で〝プラチナ〟と読めましたのでそう申しましたら「ウチはプラチナは扱っていません‼」。もう一本のこれはマークがついていますがどこのメーカーでしょうねえ……、すげなく「わかりません」。

何せ古いものですからもうないのだろうと諦めて、新品の値段を見てみたら安くて一万円、やめてその店を出ました。

次に梅田の阪神デパートへ。同じように二本出しましたらたちどころに、『ハイ‼モンブランとプラチナですね』「各十本入りがありましたらいただきます」『ハイ‼かしこまりました』『二本に今セットしましょうか？』「お願いします」『中で古いインクが固まっていますので掃除させていただいてよろしいでしょうか』「はい」。たちどころに道具を取り出してテキパキとプロの手つきで掃除し、スペアインクを入れてくれて『お試しくださいッ』さらさらさら……「うんＯＫ」『お客様ありがとうございます』。

これで税込み九百四十五円。二十歳代半ばの女子店員さん、美しく輝いて後光が差すようでした。

わたくし何か大変得した気分。そして商いのＣＳ（顧客満足）がここまで進化しているところがあるのだ!!　日本も捨てたものじゃない!!

大げさじゃなく感動しました。又あそこへ行こう!!　阪神デパート九階の文房具売り場でございました。

世の中全部こうなればいいなあ。ウチの会社も私も負けておれん!!

—平成十八年二月—

三丁目の夕日

『三丁目の夕日』、いい映画ですねえ。昭和三十年代にさしかかったころ、工事中の東京タワー、長閑に走るチンチン電車、就職列車、三輪ミゼット、駄菓子屋、電気冷蔵庫やＴＶが初めて家に来た日、向こう三軒両隣、他人の家に平気で上がっていくおつきあい……こう並べるだけでも懐かしさでいっぱいのセピア色。

あの頃、どこにでもあった普通の庶民の日常にこそ、心の琴線に触れる人情が息づいていたのですね。わたくしもあの時代、そんなのを当たり前に受け止め、人さまの人情をいただいて生活し成長してきたことに思いが至りました。

単に昔の人情物語や昔はよかったという過去形のノスタルジアでなく、お金で何でも買えるなんぞという風潮が見える、知らず知らずの間にそれに侵されているかも知れない今こそ、ホントに大切な感性がここにあったのだと、今更のように発見させられた気が致しました。

結局私たちの心底は〝安らぎ〟を求めているのですね。そしてそれは金銭至上の対極にある、人と人の心の触れ合いにあるのですね。

と申しつつ世知辛い世の中「あの人たち、身過ぎ世過ぎをこれからどうしていくのだろう」と心配する、下世話なわたくしでございます。

—平成十八年三月—

どこへ行っても同じ街

五月の連休に三十年ぶりに富士山を周遊して参りました。

白糸の滝、河口湖、芦ノ湖、箱根仙石原。行く先々に、関東ローム層の黒土に生える雑木林と初夏の畑の若緑……長閑な田園風景を胸に描いて行ったのですが、名だたる観光地の街路は鉄筋コンクリートの建物ばかり。ホテル、民宿、土産物屋、果ては都会と寸分変わらぬコンビニや全国チェーンのレストランに大きなカラオケルームが賑やかに立ち並び、すっかり小都会になっていました。日本全部は知りませんがこんな高原のリゾートでも、どこへ行っても同じような、西部劇のような街。いつの間にこんなになってしまったのだろう……。

そんな商店街道の中に、昔からの、いかにも由緒ある土産物屋さん、民芸品店が点々と空き家になって寂しく佇んでいる。気になりました。

さはさりながら、やっぱり富士山。

五合目から山頂にかけての白雪、そこから下の、次第に緩やかに下る斜面の広大で真っ黒なカンバスに、コントラストも鮮やかに描かれる真っ白な残雪の模様。年々同じような場所によく似た絵が現れるらしいが、地元の人は大きさと絵柄の微妙な違いから、今年の作柄を占うとのこと……これは今も変わらないという。

河口湖の宿を夜明け前の三時に出て五合目から、雲海に上がる『ご来光』を拝して参りました。

全国からの観光で人人人でしたが、その瞬間、誰からともなくみんなが合掌。霊峰富士の荘厳な夜明け、寒気鋭く身が引き締まる中でのごく自然な所作に、下界は変われども、日本人の素朴な信仰心は今も息づいているのだ、と、感じ入った次第でございました。

―平成十八年六月―

佐賀のがばいばあちゃん

少し前に『佐賀のがばいばあちゃん』という映画を観てきました。全編、理屈抜きでとにかく面白い。

磁石を引き摺って歩いて鉄屑を集めて売る、生活用水の川面に竹を渡しておいて引っかかったキュウリやナスを拾う。学校で、「歴史が苦手」と言えば「私は過去にこだわりません」、「英語が苦手」と言えば「日本人だから日本語でいきます」。

そんなこんなの逸話いっぱいの中、「辛い話、暗い話は夜したらアカン、余計暗うなる、朝の明るいときにしなはれ」。このとき、ばあちゃんは主人公の質問に答えられなくて逃げを打ったのですが、なるほど!!「これは使える」と手を打ったものでした。

世間の常識の裏を掻く、公序良俗からギリギリ外れない合理的な発想、貧乏ったらしく見せない生活の知恵、情感情緒を交えた独自の常識。

既成の枠に捉われない自由自在の発想は、「これは仕事に通じる」。

ユーモアとペーソスとエスプリが三つ揃えで、感性をくすぐってくれました。

―平成十八年八月―

晴耕雨読

九月とはいえ「天高く…」とは参りませず、まだまだ暑い日が続きますが、諸姉諸兄には夏バテなど吹き飛ばしてご健勝にお過ごしのことと思います。

今年の夏休み、わたくし文字通りのお盆休みになりました。蝉時雨と流れる汗の中で敬虔にお墓参り、一回だけ涼しい早朝にゴルフ、あとは自宅という具合でゆっくり過ごさせていただきました。

休みに入る前、読書三昧の四日間と決め込んで、しこたま本を揃えました。ところが案に相違して、休みが終わってみると目論見の三分の一、普段寸暇を拾って読む、その一週間分にも満たないくらいで終わってしまいました。

日頃何がなし晴耕雨読に憧れているのですが、いざやってみると一日中ひたすら読み続けるというのは難しい、集中力が衰えてきたのかなあ、歳のせいかなあ。昔は徹夜してでも一冊読み上げたのになあ、はあぁ。

で、思い出しました。あの黄門さん、水戸光圀が〝大日本史〟を編纂するとき、四《し》半時《はんとき》（三十分）に一度は休憩して庭を散歩してまわった、実労は半分だったと聞きました。そうか、あの秀才にしてそうだったのだ、と、自分に甘く慰めているところでございます。

まあ一遍に何もかもやろうとしても、もう無理。やっぱり忙しく立ち働きながら時間のスキマを捻り出してする、普段の不断の積み重ねでいくかと、今更のように気づいた鈍《どん》くさいわたくしでございます。

—平成十八年九月—

繁昌亭

少し旧聞になりますが『天満天神繁昌亭』が誕生しました。大阪では五十数年ぶりの寄席の定席だそうで、落語大好きの私にして、そんなに長い間なかったのかと不思議なくらいですが、文楽、歌舞伎、漫才と続く伝統芸能、大阪文化の一つの復活を言祝ぐ気持ちと、楽しみと嬉しみを感じている一人でございます。

この小屋、天神橋筋商店街〈商〉、上方落語協会〈芸〉、大阪天満宮〈宮〉の三つの《民》のチームワークで建てたもので、《官》抜きのところが大阪人の心意気を表しているようで、心地よい響きが致します。

斯く言う私も少しばかりの寄付をしまして、提灯に名を連ねさせていただきました。

その〝こけら落とし〟興行に招待されて久しぶりにライブで、しかも噺家にごく近いところで落語を聞いて思いました……伝統文化芸能を綿々と伝えていくことで、今の即物的になってしまったような感じの世の中を、穏やかで情緒豊かな社会に変えてほしい……。

ともあれ、理屈抜きで面白い、声を上げて大笑い、笑いは心身の健康に大変よろしい。

―平成十八年十一月―

年の瀬に思う

気がつけば師走。今年も早や一年の終わりを迎えましたが、諸姉諸兄にはご多忙の中にも健やかにお過ごしのこととお察し申し上げます。

今年はどうやら〝曇り時々晴れ〟であったかと感じている私でございますが、ここにきて世間では、いじめ……自殺と、おぞましい出来事が報道され、何ともやりきれない気持ちでいるのは私だけではないと思います。

監視を強化するとか連絡を密にするとか相談所をつくるとか、各界各層でさまざまに動いておられますが、これって後追いで、何だか責任回避の風潮に見えるのは私だけでしょうか。

交通事故では『かも知れない運転』、職場の事故では『ヒヤリハット運動』、弊社でも『予防保守』。これらと一緒にするわけにはいきませんが、ここでひとつ、学校の先生、学校を司る方、子供に接する大人、そしてお父さんお母さん、みんなが「ひょっとしたらクラスで起こっているかも知れない」「ひょっとしたらウチの子がいじめているかも、いじめられているかも知れない」「ひょっとしたら自分にも原因があるかも知れない」と考えることからスタートした方がよろしいのではないでしょうか。

『鏡の法則』という本があります。「身の回りのありようは自分の心の反映」なのだと、みんなが考えるようにしたら如何でございましょうか。

―平成十八年十二月―

ザ・シンフォニーホールで六甲おろし

明けましておめでとうございます。今年は十二支の末尾を飾る亥年、終わり良ければ総て良しという年でいきたいものだと思います。

お正月に、久しぶりにコンサートに行って参りました。場所はザ・シンフォニーホール、出演は大友直人指揮、ジャパン・ヴィルトゥオーゾ・オーケストラ、出し物は交響曲二つとアンコールで『六甲おろし』。

ベートーヴェンの第七番は、日ごろレコードで聴くのと大違いのド迫力、チャイコフスキーの第五番、これは私にはあまり馴染みがなかったのですが、想像を超える重厚な演奏に、「あぁホンモノはいい!!」

そして、大阪での公演には欠かせないのかサービスなのか、大オーケストラの『六甲おろし』に新たなファイトを掻き立てられました。

ところでこのときわたくし発起して着物で行ったのですが、ばったり、ロータリークラブでお知り合いになった大阪ガスのN会長とお会いしました。N会長は洋装の正装でございました。

亥年の年の初め、猪突猛進もいいが、心身をフッとこんな別世界に浸して滋養をもらうのも、格別宜しゅうございますね。

―平成十九年一月―

未熟の晩鐘

新聞で『未熟の晩鐘』というコラムが目に留まりました。晩鐘とは夕方に点かれるお寺の鐘、転じて〝人生の夕暮れ〟というほどの意味でしょうか。あぁ哀れ、人生の午後もだいぶ過ぎて夕方を迎えた今もなお未熟、悟りとは無縁のところで生きる自分を見出して慨嘆するわたくしでございます。「お前はいつまでたってもあかんなあ」と。

悟りとは 悟らで悟る悟りなり 悟る悟りは嘘の悟りぞ　―良寛禅師―

この教えを自分に言い聞かせ、社員にも『積極的謙虚』とかなんとか、えらそうにぶってきたのが恥ずかしい。
しかしですね、ちょっと考えて、いい言い訳を思いつきました。
いままで「達観だ悟りだ」と己を縛ってきた、これも一つの業《ごう》。

そんなややっこしいところから自分を解放して、未熟をありのまま受け入れたら、穏やかに生きることができるのではないか。晩鐘が何も語らず鳴り響いて人の心に染み入るが如くに、自分も楽しみ周りの人にも穏やかに接していくことができるのではないか。「そんな生き方の方が楽だよ」と、コラムは教えてくれているようでございました。

生命保険の満期案内や介護保険の受給資格通知が来て、この二月に六十五を迎えるわたくし、恥ずかしながら、未熟の晩鐘の意味をじっくり味わってみようと思う今日このごろでございます。

—平成十九年二月—

一ミリ以下に生きる

天神さんの梅、例年より早く一月末に咲き出して二月の末には盛りを過ぎ、三月になると帳尻を合わせるように寒い日が続きました。そして桜は早めに咲いて、今年は三寒四温の風情を感じること薄く春がやって参りましたですね。俳句をする人はさぞかしお困りなのでは、と、余計なことを考えたりしています。

こんな現象の、原因の多くが人類の営みにあると言われていますが、地球を直径一メートルとすると空気の層はたったの〇・七八ミリ、と考えてきて「ぎょっ!!」としました。そんな薄い薄い膜の中で生きているのか。そこで暑い寒いと一喜一憂している私たち小さな存在。

そのちっぽけな人間どもが地球規模で気象を変えてしまう、それくらいの微妙なバランスの中で万物が生成しているのか。

対照的に少しも変わらないものがある、それは地球の自転と公転……悠久なる時の流れ、と思っていました。ところがです。その自転が〝いつか止まってしまう〟という説があるのです。

そのとき〝時間〟は一体どうなるのでしょう? もっと切実な心配、徐々に止まるのかいっぺんに止まるのか、そのときの衝撃は想像外の恐怖です。わたくしの想念イヤ妄念は留まるところを知りません。

―平成十九年四月―

蓮と紫陽花

大雨の日曜日、京都宇治の三室戸寺に行って参りました。言わずと知れた蓮《はす》と紫陽花《あじさい》のお寺でございます。

実はわたくし今年の初めから坐骨神経痛に悩まされていまして、痛む腰をかばいながら右手に杖を、左手に傘を、写真を撮るときは杖を小脇に抱えて、と、濡れそぼちながら、行ってみた、甲斐がありました。

七月の盛りを前に開いている蓮は少なく三つ四つ五つ、葉叢《はむら》の中に潔《いさぎよ》く、すっくと立つ。穢れなき白をベースに薄紫から薄紅に重なり合った花びら。雨の日の恵みか、その合わせ目に水玉がキラリ。

蕾が五つ六つ七つ、凛々しく立つ。世の憂いを包み込んでいる風情で。それがお釈迦様の教えを受けてある夜明けに「ポン!!」と音を立てて開くそうでございます、憂いを解き放って悟りを得たように。

蓮の葉は大きい。無垢の真緑の、葉の真ん中に大きな水玉が溜まっている、透き通って葉の裏まで見通せるような。これを香水《こうずい》というそうでございます。さすが仏さまのお花〝蓮華〟と言われるだけあって尊くも品がある、神々しい姿を目の当たりにして思わず合掌、傘と杖を取り落としてしまいました。

紫陽花。あのような群生を見るのは初めてで、全山いっぱい今を盛りと咲き乱れていました。と申しましてもこの花、咲き乱れるという言葉は当たりません、咲き誇る花でもございません。あくまでも控えめで清楚で、しっとりと人の心に「もの想いを誘う」、そんな花のように感じましてございます。

遠い昔亡き母が、「あじさいは色が変わるから好きじゃない」と言ったのを、前後なんの脈絡もなく、そこだけ思い出してしまいました。

過ぎ越し方を愛おしみ、もの思いに耽りながら雨の日を楽しんで参りました。

—平成十九年七月—

申し訳ありません

近頃、季節の変わり目が何か変だと思われませんか？　春と秋が大変短い、冬から夏へ、夏から冬へ、いっぺんに変わってしまうように思うのですが。そんな中でも諸姉諸兄には健やかにお過ごしをと、お念じ申し上げます。

さて、本来なら爽やかなシーズンであるはずの今、世の中では国の施政を揺るがす政官界の醜聞、企業の不祥事から下々の事件に至るまで、見るにも聞くにも堪えないニュースが続いています。一体どうしたことでしょう。法律さえ守れば何をしてもいい、という風潮なのでしょうか。

「これは法に触れないと判断しました」と最初は言い、とどのつまりは「申し訳ありませんでした」と、大の男が雁首そろえて頭を下げる。この『ありませんでした』の過去形も気に入らない。まだ済んでいない、現在進行中であれば『ありません』でしょ!! と、ツッコミを入れるわたくしでありますがそれはともかく、〝法律は最低の道徳〟と申します。法の上に道徳があり、遺伝子のように潜在意識に叩き込まれた公序良俗、これが日本人の真骨頂であったはずです。

「人さまに迷惑をかけないようにしなさい」と教えられています。これを『人に迷惑をかけなければ何をしてもいいのだ』と貧しく狭義に解釈する人の何と多いことか、男も女も老いも若きも。

人は元々、自分の存在そのものが他人に迷惑をかけている。だからできるだけ、迷惑のかけかたを少なくしましょう。これはお釈迦様の教えだったと思うのですが、大多数の日本人の心根ではなかったでしょうか。

昭和でいうと八十二年の今、日本社会はいつしかそんな美徳を忘れて、何かしら病に罹っているのでしょうか。

―平成十九年十月―

偽装偽装で半年暮らす

気が付けば師走。この時期毎度の書き出しでございますが、平成十九年、諸姉諸兄には如何な年でございましたでしょうか。

偽装偽装で半年暮らすどころか、今年はウソつきの団体で明け暮れた感があります。特に〝せからしい〟と感じるのが食べ物の偽りです。直ぐにもバレるのが自明の理であるのに、何故やっちゃうんでしょうねえ。

見つかったら他人のせいにして逃げる、逃げ切れなかったら仮にでも頭を下げる。まるで子供の悪戯（悪戯にしては事は深刻ですが）を見ているようで、いい大人が〝退化〟しているのではないかと心配になってきます。

企業のモラル以前の、人間性〝自己規範・自律〟の問題なのでしょうに、或いは、個人でなく会社であるが故に抵抗感が薄れるのでしょうか。

それにしても、自分さえよければと目先の損得だけで動いてもこうはならない、誰が見ても自滅行為であることを何故やるんでしょうか？　いっそのこと〝会社もろとものの自殺願望〟と考えれば納得できます。

またしても「日本はこんな国だったのかなあ」と思ってしまい、年末ご多忙の折に、愚痴めいたコラムで今年を終わりますこと、誠に申し訳ございません。

—平成十九年十二月—

電信柱が高いのも 郵便ポストが赤いのも みんなわたしが悪いのよ

　夢と向上心が持てない時代と申します。これって〝夢と向上心〟って、みんな時代のせいで持てたり持てなかったりするものなのでしょうか？　どんな時代にあっても、青年は大なり小なり望みを抱き青雲の志を持ったのではないでしょうか。それは平成の今も変わりはないと思うのですが。

「今の世は暮らしにくい」とは、「昔はよかった」「いまどきの若い者は」と同じように、平安時代奈良時代よりもっと前、おそらく人間社会ができたときからずっと言われ続けてきた〝人類普遍の文句〟のような気がするのです。それと同じ範疇に〝夢と向上心が持てない〟はあるように思います。

　ボクがわたしが夢を持てないのは、こんなになったのは「時代のせいだ」「社会が悪い」「政治が悪い」……いい悪いの原因が百パーセント本人に帰するとは申しませんが、大きな部分は自分が負わなければ「よし!!　次は!!」という、それこそ向上心も湧いてこないのではないでしょうか。

　日本は成熟社会と言われています。社会が成熟すると、こんな風にみんなで他人のせいにする、ひ弱な〝傷の舐め合い〟になるのかも知れません。がしかし、いい大人がみんなこんなのではない、自律自立で、アクシデントはしょっちゅう起こりますが負けそうでいて負けない、夢と希望を繋いで暮らしていらっしゃる方が殆どだと信じます。

冒頭のお題は、誰のせいでもないことを自分のせいにする可笑しみを込めた、いっときの流行り言葉ですが、「みんな自分が悪いのよ」と、象徴的にテーマとしました。「変えられないのは過去と他人、変えられるのは未来と自分」と申します。一万円札の福沢さんは「一身独立して国独立す」と、一人ひとりの自律自立を啓蒙しました。
日本は少なくとも結果平等ではなく機会平等にできている。必ずしも百パーセント均等でないところもないではないが、弱者救済も頭に入れて、大多数の国民が日夜励んでいる、いい国なのではないでしょうか。

—平成二十年三月—

人生の決算

人生の決算……わたくし六十六歳、まだまだこれから、何らかの形で社会と関わっていきたい、生涯現役でと思っていますのに、いつの頃からか何となく物事を人生のスパンで考えていることに気づきました。

今これをやっていて、ではいよいよ御臨終のときどうなっているのだろう。今やっていることが人生の決算に繋がっていることは間違いないと思うが、私という一人の人間の、社会に対するＰＬ（損益計算書）とＢＳ（貸借対照表）はどんなことになっているのだろう。でもまあそんなこと、棺桶に片足、イヤ両足突っ込んだ時にしか分かりませんよねえ。

今日までおろそかにしてきたのに、もう遅いかも知れませんのに、このときの一挙手一投足、その都度々々を大切に、お陰さまの心で誠実に生きていかなければ、なあんて、未《いま》だに自分に懸命に言い聞かせているわたくしでございます。

―平成二十年六月―

〝月刊情報誌〟は、その会社を企業譲渡したことによりここで終わっている。が、私の独り言はこれからも、ずっと続いていくと思う。

一九　ロータリークラブ

社会奉仕

社会奉仕と大仰に言えるかどうか分からないが。

《あしながおじさん》

阪神淡路大震災のときに入って十五年ほど続けた。

節々に、あしながさんのお陰で「卒業できました」「就職、決まりました」「社会人の一歩を踏み出しました」と、匿名だが自筆のハガキが届く。これを受け取ったときの感動!!　何よりも自分が励まされる。

奨学金で高校を卒業したことを思い出して「頑張れよ!!」

《ユニセフ募金》
あなたの寄付金で「〇〇人の子供たちに学用品を贈りました」「ワクチンを接種することができました」と、毎月報告が来る。これも十年続けた。

《ロータリークラブ》
勉強会の同人から誘われた。功成り名を遂げた人たちの社交場と思って固辞したが、自分の職業を通じて社会に奉仕する〝職業奉仕〟が出発点、「異業種交流です」との言葉に惹かれて結局入った。
世界のポリオ撲滅、青少年育成活動などの外、専門学校へ行って就職に関わる授業をしたり、朝早く御堂筋の掃除をしたり、と実践的なものもあった。

大阪船場ロータリークラブ

大阪船場ロータリークラブに十年いた。途中会社の調子がよくないとき二年ほど離れたので、延べ十二年になるか。
耳の関係で会話が難しくなって退会するのだが、その二年前の一年間会長を務めた（会長の任期は一年）。

毎週一回、昼食を挟んで一時間半ほどの例会に〝会長の時間〟というのがある。おおよそ十分、皆さんの前で卓話するのだ。これは難物だったが、自分のためには大いに役に立った。

十年が過ぎたいま会報を見返してみて、今でも通じる、気になる、紹介しておきたい、そんな話があった。以下はその抜粋である（各項前段後段の挨拶、ロータリー内の伝達や専門的な話は省いてある）。

会長の時間

《平成二十二年七月十九日》

私の会社の事務所では、毎年この時期になりますと「ドーン!! ドーン!!」と、腹に響く重低音が聞こえて参りまして「あぁ今年も始まったなあ、もうこの季節か」と、教えてくれる風物詩があります。

それは〝天神祭り〟のメインショー〝催し太鼓〟の練習の音なのです。そしてリズミカルなお囃子と子供たちの賑やかな嬌声が続く、これもお祭りに彩りを添える、小中学生の傘踊りの練習でございます。

それから何日かしますと、商店街を〝ギャルみこし〟が黄色い声を張り上げて練り歩く、これは私、毎年の楽しみにしています。

そして二十四日宵宮、二十五日本祭りと続いて参ります。今日はまだ鬱陶しい天気ですが、そのころには梅雨も明けて大阪のいちばん暑い盛り、鱧《はも》がいちばん美味しい時節。これはもう、大阪の皆さまには百もご承知おきのことと存じます。

さて天神祭りといえば〝船渡御〟が通り相場になっていまして、もう一つのメインイベント〝陸渡御〟は、あまり紹介されていないように思いますので、お話させていただきます。

船渡御に向かうたくさんの〝出し物〟は天神さんの境内を出て南へ、表参道から商店街を練り歩き、そして天神橋の袂で大川に浮かぶ船に乗り込むという段取りで、船渡御が終わりますと逆の順序で宮入するのですが、その道中、盛沢山のパフォーマンスをしてくれるのです。

菅原道真公のご鳳輦、美しい白木造りで優雅に引かれるだんじり、練習を積んだ子供たちの踊り、そしてメインは何といっても〝催し太鼓〟。太閤さんから下賜されたという直径二メートルもある大太鼓を、六人の若者が粛々と叩く。それが人もろとも神輿に組み込まれていて、何十人もの男が担ぎ上げ振り下ろし、叩き手を振り落とさんばっかりに前後左右にギッコンバッタン、重いものですから時にフラフラしながら懸命にパフォーマンスしてくれる。これらがすぐ目の前で繰り広げられるのです。

川面の幻想的な遠景を楽しむ船渡御とはちょっと違う、大変勇壮なお祭りでございまして、お祭り好きDNAの魂を揺さぶり、郷愁と感動をたっぷりと与えてくれます。

今年の七月二十四、五日はちょうど土日、暑くて少々混みあいますが、浴衣がけでぶらりとお出かけになりましては如何でしょうか。私どもの事務所は天神さんの正門を出て直ぐの所に構えておりますので、氷水プールの冷え冷えのビールをご馳走いたしますよ。

《平成二十二年七月二十六日》
梅雨が明けた途端、猛烈な暑さが続いています。
このさなか、天神橋筋商店街をブラブラしていましたら古本屋さんの老舗、皆さまご存じの〝天牛〟を見つけました。梅田店には若かりしころから通ったものですが「あぁこんなところにもあったんや」と懐かしく、ぶらりと入りまして目についたのが菊田一夫原作の『君の名は』。
「忘却とは忘れ去るものなり、忘れ得ずして忘却を誓う心の悲しさよ」こんなナレーションから始まるNHKの連続ラジオドラマは、皆さまのご年配でしたらすぐに思い出していただけることでしょう。

文庫本四冊で五百円。懐かしく手に取って、とは申しましても、あのころはわたくし小学生、すれ違いのやたら多いメロドラマ、ご婦人に大人気で放送の時間帯は銭湯の女風呂が空になる、そんな記憶しかありませんが、買いました。どれどれと筋書きに興味をもって読み始めたのですが、それより心惹かれたのは、六十年前と今とで、道徳というか精神文化が随分変わってきている。このことでございます。

発端はご存じ空襲警報の数寄屋橋。物語の中心は終戦直後、その混乱期でありますから、闇屋や密貿易や街角に立つ娼婦やら、善人も悪人も登場。それぞれの生き様が丁寧に描かれているのですが、混乱の世でも底に流れているのは道徳に対する強いこだわり、分けても性道徳の潔癖さ。そして赤の他人どうしの献身的な助け合い、心の触れ合いがズシンと胸に入ってきます。六十年後、物質的にはるかに豊かになった今、精神的には寧ろ劣っているのではないか、という感慨を持たざるを得ませんでした。

話は飛びまして、小松左京の作品で題名は忘れましたが、日本人の精神の発達具合をユーモアとエスプリを込めて描いた面白い本があったのを思い出しました。

昭和四十年代のある日、九州のある洞窟に突然、江戸時代の若き侍七人がタイムスリップして昭和の御世に現れた。そしてどんな手段を使っても元の時代に戻れないことが分かって、彼らは現代に職を得て暮らすことになる。その職業というのが、精神、道徳の教育塾の先生。

何故そうなったのかは色々と曲折はありますが結局、精神・道徳レベルが、どう見ても時の日本人より彼らの方がとても優れている。だから自然の流れで必然的にその職業に落ち着いたというものです。どうやら小松左京の思いは、人間、時代を経るに従って精神レベルも進歩するものと考えていたのに、遡った江戸時代の方が極めて高潔で、むしろ時代が下るに従って退化しているのではないか……。

教育が余程しっかりしていないと、精神的豊かさと物質的豊かさは相反するものと申します。昨今の世相に鑑み、二つの本を結びつけて考えてしまいました。

《平成二十二年八月二十三日》
この暑いときに肝の冷える話を一席。
以前、前会長から「石油の枯渇は四十年、メタンは五百年」とのお話がありました。私、大変興味深くお聞きしながら、そのとき昨年読んだ『深海のイール』という本を思い起こしていました。当時話題になりましたので、お読みになられた方もいらっしゃるかも知れません。
ドイツのフランク・シェッツィング作のこの本、地球環境破壊がテーマでありますがその場が、地上の温暖化ではなく宇宙からの脅威でもなく、足元の海洋汚染をより深刻な問題として重大な警告を発した物語でございます。いま海中は、潜水艦の音やら船のスクリュー、魚群探知機やレーダーやらで騒音がいっぱい、海生生物が耐えられない環境になっている。そんな中で事件の発端は、イルカとクジラが中小型船舶を次々と襲って転覆させる。次いで毒持ちロブスターがアメリカの沿岸都市に大量に上陸して、大量の人間を中毒死させる。続いて大陸棚の斜面が崩れ落ちて、北ヨーロッパの都市は三〇メートルの大津波で壊滅する。

これらは実は、人類の歴史よりもはるか昔から、深海のメタンハイドレートの中で安全に生息していた知的微生物〝イール〟の仕業。氷の層に閉じ込められていたメタン層を人間が無闇にホジクリ返したためにイールが怒って、イルカやクジラの胎内に入り込み脳を支配して船を襲撃する、ロブスターに猛毒のバクテリア（フィステリア）を搭載して人間にくっつく、氷の層が破壊されたあとに大量のゴカイを発生させて、固い顎で大陸棚を食い潰し崩壊させる。海の先住民からの痛烈な大逆襲でございます。

人間が我がもの顔にエネルギーを得るため海底をほじくると、とんでもないことになる。地上や宇宙に気を取られていると足元が大変なことになっているぞ!! という恐い話でございます。折しもタイミングがいいのか悪いのか、メキシコ湾の海底油田で史上最大の原油流出事故が起きています。何か杞憂でなく、この本の物語が現実に起きてきそうな、そんな気がして参りました。

《平成二十二年九月二十七日》

この夏、日本の平均気温が平年より一・六四度高かった、統計を取り始めて百十三年間で最高、とのニュースは皆さまご記憶に新しいことと思います。

『迫りくる温暖化』という本が少し前に出されているのですがそれによりますと、地球の氷河期は平均気温がたった四・五度低かっただけだそうで、たかが一・六四と言うなかれ、こんな微妙な数字の中では大変大きな数字でございます。

今すでに日本は温帯から亜熱帯になったと言われていますが、これが地球規模で進んでいることも皆さまご承知の通りで、二一〇〇年には推定四度上昇、しかしこれも控えめな数字で、更に加速しているという説もあるようです。

問題は南極であります。面積が日本の四十倍の大陸に平均二五〇〇メートルの氷、これが溶けて流れると海面が五〇センチ上昇するとか、この予測は諸説紛々で確かなところは分かっていないそうですが、太平洋の島嶼国、隆起サンゴ礁の島々やオランダでは深刻な被害が予測され、環境避難民十億人という話も伝わって参ります。

これだけでも深刻な事態であるのに、もっと怖いことが起こる……それは、氷は徐々に溶けて海面も徐々に上がるのですが、ある日突然、氷の塊が地熱で地滑りを起こして南極海にドボン!!　といってもこの塊、淡路島だとか、それ以上に大きい。今ちょうど北極海でマンハッタン島の四倍ですか六倍ですかの氷山が漂流しているそうですが、若し淡路島がドボンとなると推定五〇メートルの津波が起こり、時速三〇〇キロメートル、二日で大阪湾に来る。あまり衰弱しないで浅瀬に来ると五〇メートルを超える津波に襲われる可能性があるそうでございます。そうなると私たちは六甲か生駒に逃げないと助からない。それほどのことがある日突然来るというのです。

こうした温暖化、化石燃料を燃やし続けてCO_2が大量に排出された結果というのが定説になっていますが、一方別の意見もありまして、気温の上下動は、だいたい一万年周期で氷期と間氷期を繰り返す地球のリズム、今は間氷期の終わり頃。また北極の氷が溶けたら海流の関係で北半球は寒冷化に向かう、だからCO_2禍は一時的なものとの説もございます。

どちらが当たっているのか、わたくし如きには分かるわけもありません。が、一時的と言われましてもどのくらいなのか、私の生きているくらいの期間なのか、はっきりさせていただきたいところではございます。

何れに致しましても、未知の奥深い、人の何世代をも越えるくらい長い地球の息吹に恐れを抱きながら、とにかく次は〝ハイブリッド〟のクルマにしようかとか、猛暑でもエアコンをできるだけ控えようかとかの、ささやかな省エネに努める善良で真面目な小市民の私でございます。

《平成二十二年十月二十四日》

きのう二十三日は二十四節気でいう『霜降』、霜が降りる頃という意味だそうで、報道によれば大台ケ原では紅葉が真っ盛りだとか、ついこの間まで暑い暑いとこぼしていましたのに、もうそんな季節が巡って参りました。

ちょっと古い話題ですが、皆さま『もしドラ』ってお聞きになったことがあると思います。これ、ビジネス書というのでしょうか、少女コミックというのでしょうか、この種の本としては珍しく、この夏百万部という異例のベストセラーになった、『もし高校野球の女子マネージャーがドラッカーの〝マネジメント〟を読んだら』という、長ったらしい題名の本でございます。読まれた方も、そしてまだ店頭に平積みされている本屋さんもありますので、皆さまのお目に触れていることと思います。

ひょんなことから公立の進学校の野球部のマネージャーになった主人公が、これまたひょんなことから『ドラッカーのマネジメント・エッセンシャル版』を読んで、それをチームに当てはめて忠実に実践し、予選三回戦止まりの野球部を見事甲子園へ連れて行く、という話でございます。

打つ手がピタリとハマり次々と実現していきまして、「そんなにウマくいくんかいな!?」「世の中そんな甘いもんやおまへんで!!」と、いささか現実離れしている展開なのですが。

わたくしには、なかなか難しいドラッカーの理論を現実に落とし込んで、手際よく実践していく『やさしい応用編』といったところで、「目から鱗」と教えられる思いでございました。

先ずは目的を明確にし、目標を期限付きで具体的に定めてメンバーの共通認識にするところから始まる、これはホンのサワリでありますが、この本、早速会社の幹部社員に配ることに致しました。

《平成二十二年十一月一日》

先週新聞で、シェールオイル（岩に眠る石油）に世界が注目、アメリカで掘り出し技術確立、豊富な埋蔵量は「世界のエネルギー勢力図を揺るがすか!?」という記事が出ていました。三千メートル以上の海底の地下奥深くまでパイプを突っ込み、硬い岩盤に亀裂をつくって隙間にある石油を吸い上げるのだそうでございます。

いま石油の枯渇は四十年と申します。しかし三十年くらい前にも確か四十年と聞いた覚えがあります。昔は鉱脈に行き当たると猛烈な勢いで石油が吹き出してきた。ところが今は探査技術が進歩していますから、ここが確かに鉱脈と分かっていても吹き出てこない。そこで別の場所に穴を開けて圧搾空気を送り込んでようやく石油が出てくる。つまり乾いた雑巾をなお絞るようにして、地球から石油を搾り取っている。だから未だ四十年掘り続けられると、こういうわけだそうでございます。

だからこそ次のエネルギーを求めることになるのですが、メタンハイドレートといい、シェールオイルといい、またまた未知の世界をホジクリ回して、そこに生息している生物が人間に逆襲するとか、地球が怒って大地震が起きるとか、何か災いが起きなければいいがと心配するわたくしでございます。

とは言うものの、地球人口が六十億から九十億人になる、エネルギー資源を求めて尖閣諸島のように領土を奪いにくるというような、国家間の熾烈な生存競争など、大変厳しい現実があることを考えると、そんな悠長なことも言っていられないとも思います。

しかしそう思いながらも、一九八〇年に出版された『星を継ぐもの』というSF本では、二〇二七年に世界政府ができていて戦争もなくなり、科学技術の発達によってエネルギーを効率よく公正に分配されている姿が描かれていまして、そんなのを読みますと人類の叡智を信じたくなる、それこそバブルのような淡い期待ですが、フッとそんなことも考えたりする今日この頃でございます。

このときから十年経たないうちに、アメリカは石油の自給自足を実現し、見事にエネルギー勢力図を変えている。

《平成二十二年十一月八日》

昨日七日は早や立冬だそうで、巷ではクリスマスの飾り付けが始まり、お歳暮の案内がきておせち料理の注文まで、そうなりますともうお正月、

季節の先取りと申しますか、めまぐるしい時の移り変わりに戸惑うお年頃に、私もなって参りました。

さて一ヵ月ほど前の九月末に『孤舟』という本が出版されまして、高齢者を中心にベストセラーになりつつあるそうで、お読みになった方もいらっしゃるかと思います。医学博士で作家、男女の激しい営みを自然科学のようなタッチで分かりやすく表現して一世を風靡した、皆さまご存じ、渡辺淳一さんの作品でございます。

大手出版社の執行役員が六十歳で定年を迎えて会社人でなくなったときの、心の動揺と申しますか葛藤の物語で、会員皆さまのような経営者から見ますと若干の違いはあると思いますが、家庭生活や地域活動の場で〝逞しき女性〟と〝弱きもの汝は男性なり〟の対照が赤裸々に描かれていて、全編身につまされる本でございます。

それにしても、奥様には『亭主在宅ストレス症候群』という立派な病名があったり、仕事に入れ込んできた男が時間の自由を得たのはいいが、気持ちまで自由になって緩んでしまうと血の巡りを悪くして病気を誘い出す、というのにはドクターの話だけにリアルにびっくりしました。

もう還暦を越えてなお元気に働いていらっしゃる方も、まだ四十五十代で忙しくてそんなこと考える暇もないわと仰る方も、その前に死なない限りこういうときが必ず来るのですから、あらかじめ知っておくのも無駄ではないなぁ、新幹線の中ででも流し読みされては如何かなぁ、と思ったりしてお話させていただきました。

《平成二十二年十一月二十九日》

早い・安い・旨いといえば吉野家の牛丼。昭和四十年代、一号店か二号店か知りませんが、東京新橋の店に通りがかりによく行ったものでございます。旨い、というのは人の好みですのでどうだか分かりませんが、今でも忙しいときには急場のお昼を掻き込むことがありまして、あのカウンターに座って五分足らずで済ませることもよくあります。

少し前ある情報誌に『回転率』と題して面白い記事がありました。

ファストフード店では業績伸長への道として、お客の回転率を高める様々な工夫が施されている。コンセプトは『客に長居させない店造り』。

　ポイントは三十分も座っているとお尻が痛くなってくる硬い椅子、テーブルはスペースを狭くして安定の悪いものを使っている、そんな所では、パソコンや本を開く人は誰もいない。店内を煌々と照らす照明は客に落ち着きを与えない、これは外から見ると入りたくなり、入ると長居しづらい。アップテンポの大きな音量で流れるBGMも人の心を落ち着かなくさせる。他にも冷房を効かせ過ぎる等々、回転率を徹頭徹尾追求している。挙句はこの作戦があまり露骨にならないよう、店員は努めて大声で「ごゆっくり!!」

　イヤハヤ凄いことになっているようですが、いちいち思い当たることでありまして、そう言えば昭和五十年代にあるファミレスが九州から関西に進出してきたときに、当社で音響設備の仕事を請け負っていたのですが、料理を逸早く出すために調理場から「できたよ!!」と、ピンポン!!　の音と番号を表示してウエートレスが駆けつける仕掛け、選ばれたBGMの曲が随分早いテンポであったことを思い出しました。因みにここのコンセプトは『子供を大人の紳士淑女として接遇する』というもので、開店前に従業員の教育を徹底して行っていまして、ファストフードの店もファミレスも、そのTPO作りの絶大なる工夫に感心した次第でございます。

　お客様のニーズと店のコンセプトのマッチングを、お客様が意識しないまま協力していて一緒に作り上げているのであるなあ。商売のノウハウというのは業界が違ってもどこでも一所懸命考えているもの、大いに勉強させていただきました。

《平成二十三年二月七日》

せんだって新聞の社会面のコラムに『二〇一〇年、世界で最も定刻通りに発着できた会社』に日本航空が二年連続で選ばれた、という記事が載っていました。アメリカの調査会社が調べた世界の航空会社の運航状況の結果だそうです。〝破綻〟で大変な中、日航の社員、就中《なかんずく》現場の社員の努力だと思いますが、なかなかやるものでございます。

遅れない秘訣、地上職員の打ち明け話によりますと、それは地道な『マモシメ』……空港で「マモなく搭乗のシメ切りです!!」と叫んでまわるアレだそうでございます。マモシメ精神で会社再生も早まるか、と結んでありました。

もちろん一台の飛行機が飛ぶのに、コントロールタワーや裏方の整備職員など実に多くの人が携わっていますから、マモシメの成果だけではないと思いますが、それはともかく、親方（経営者）が壊れ行くときでも現場では、現場社員には脈々と流れるCS（顧客満足）精神が生きており、着実に実践されている。まあ私たちお客が、おとなしい従順な羊の群れのように巻き込まれていると感じないでもないですが、『会社再生は現場のCSから』というのも当たっているなあと思いました。

ロータリーの小冊子『ボケーショナルサービス』の一節。ある会社がバスで慰安旅行に出かけるとき、寿司屋さんに昼食を頼んだのですが、手違いで梅田から出発する時間に間に合わなかった。幹事さんは大変怒ったまま出発してしまった。さあその寿司屋さん、ようやく出来上がった弁当を前に「タクシーで追っかけろ!!」「そんなことしたら採算が取れません」「今日の採算より明日の信用じゃ!!」なんだかんだの挙句、結局大津サービスエリアで渡すことができて却って大変感激された。

少し前、西梅田にありますリッツカールトンホテルで講演を聞きました。夜の十時過ぎお客さんが「せっかく大阪に来たんだからタコヤキが食べたい」。従業員は「かしこまりました」とごく自然に受けて、それから北新地に走って熱々を届けて大変喜んでもらった。

今日はCS三題でございました。

《平成二十三年二月二十八日》

渡辺淳一さんの、何という題名でしたか〝男と女のすれ違い〟を描いた本がありました。曰く『男と女はその種《しゅ》からして違う。動物の分類では頂点に立つのが人類、その次に霊長類と続くのであるが、実は人類には男類と女類があって、その次に霊長類がくる。男類と女類の違いは人類と霊長類の間ほどの差がある』『それほど男と女は違うのです』と迫ってきます。

♪男と女の間には♪深くて暗い川がある♪なぁんて歌もあります。これってホントかいな!?　そういえば男女は先ずは心惹かれ合うものの、肝心のときになって「何でこんなに思うことが違うんやろか」と戸惑うことがありますよねえ、皆さま。

こんなこと日ごろ一所懸命研究しているわけじゃございませんが、何とはなしに頭の片隅に残っていたのでしょうか、先日、日経新聞の『性別とは?』というタイトルで『オスとメスは根本的に異なる』という科学記事に目が留まりました。

『男らしさ女らしさがボンヤリとしつつある現代』『だが進化や遺伝子からは、生物の性差は個性といえるほど際立っている』と書いてございました。『そのような生理的な違いが、人間の精神的なものに影響を与えないはずはない』と、こういうことになるわけでございます。そして『しかし』と解説は続き『男女それぞれの役割を尊び、助け合って生きていくようにできているようだ』と結ばれています。

「やっぱりそうなのだ」「男女平等と叫ぶのではダメ」なのだ。何時でも何処でも何でも人権だ平等だと仰る今の世に、日頃くすぶっていた私の疑問を晴らしてくれた思いをしたものでございました。

《平成二十三年三月二十一日》

東日本大震災。津波に人と車も家も呑み込まれていくライブの映像に、映画の一シーンのような映像に、「これは現実なのだ」と立ち返って、慄然としました。

加えて阪神淡路大震災のときもそうでしたが、甚大な被害が日を追って明らかになっていく様《さま》に暗澹たる気持ちになり、また原子力発電所と計画停電のニュースに、国家の危機を感じてしまうところでございます。

皆さまの中にも、ご親戚ご友人の安否を気遣って心配の毎日を送っていらっしゃる方、会社の営業所やお取引先に被害が及んで対策に奔走していらっしゃる会員さんも多いのではないかと思い、わたくし如きが口にする言葉など何の役にも立たないと無力を感じながらも、「心よりお見舞い申し上げます」

また会員さんから、義捐金のお話もいただいています。

今はできる限りの人命救助を願い、亡くなられた方のご冥福をお祈り申し上げます。

《平成二十三年三月二十八日》
あれから十七日が過ぎましたが、地震と津波と放射能という三重苦、更に燃料・電力のエネルギー不足を加えて四重苦というありさまに、戦慄を覚えています。

確認された死者が先週一万人を超えました。この人の数なのですが、夕刊で報道された数字が、同じ日、夜九時のＮＨＫニュースで五十人増えている、更に翌日朝刊を見るとまた四十人増えている。これが連日続くのですから、暗鬱たる気持ちになるのは皆さまもご同様ではないかと拝察いたします。

中小企業家同友会という全国的な勉強会の連携組織があるのですが、それの岩手からの発信によれば、ＴＶに新聞に報道されている陰で、いま最も厳しい状況にあるのは、小さな公民館や自宅や工場を開放した小規模な避難所で、行政にも把握されていないとのこと。これは三月二十二日のメールですので、こんな毛細血管の端にまで、今日は血液が巡っていることを祈るばかりでございます。

そんな中、先日所用で行った大阪狭山市の桜祭りが中止になっていました。大阪本町ロータリークラブも四月五日の二十周年記念行事を中止されました。わたしたち大阪船場ロータリークラブでも行事等に関わる臨時理事会を行うことになっています。義捐金につきましても、持ち回り理事会で拠出を決めておりますので何とぞ皆さまのご協力をお願い申し上げます。

このような動きは各界各所にありますが、ただ中止ということでなく、行事に予定していた費用を義捐金にするというケースが多いと聞き、温かい気持ちになります。

一方自粛が過ぎて笑いや楽しみがなくなり、日本全体のムードが暗くなり、更に経済がより萎んでしまうというのも望ましいことではありませんので、そこは難しいところでございます。

ところで仏教で諸行無常と申しますが、この度はその言葉では収まり切らない、やるせない思いでいっぱいでございます。

「震災で形あるものはことごとく無くなった」「しかし形のないものは脈々と生き続けていると信じたい」「それは精神の復興」……後藤新平の言葉でございます。

《平成二十三年四月三日》

あさって四月五日は二十四節気で〝清明〟というのだそうでございます。『万物ここに至りてみな潔斎にして清明なり』ということで、ここにきてようやく陽春輝く四月、爛漫の花便りを聞く季節になって参りました。例年ですとここは桜にまつわる風流な話、といきたいところですが、今年はどうも気が引けてしまいます。

先だっての異業種の集まりで「想像を絶する惨状を目の当たりにし」あまりにも事が大きすぎて「何をどうしたらいいのか分からない」ということから、次第に個々の業種の具体的な報告になって参りました。

運送業の方は、そこにモノがあるのに現地に運べない苛立ち、これを「真心が運べない焦燥」と表現していらっしゃいました。お医者さんは医師同士で連絡を取り合い、治療や薬の処方で現地との交流を始めているが、いま一段の工夫をしなければ。お菓子のメーカーさんの「被災地にお菓子を!!」との話に「それは喜ばれるでしょう」と、ここで初めてみんな笑顔になりました。

ここ数日、復旧の力強い活動が伝えられ、生活物資支援から企業再開支援へと、日本人の底力を見る思いと期待する思いが交錯するところでございます。庶民も経済人も学者も官僚も政治もみんな一緒になって「がんばれ東北」「がんばれ日本」。

《平成二十三年四月十一日》

あれから一ヵ月、日本に寄せる百三十ヵ国を超える、それぞれの国の科学技術の粋を集めた救援に、感動を覚え感謝の念に堪えません。

一方、大災害に遭遇した日本国民の秩序ある行動や相互扶助精神に、世界から驚きとともに賞賛の言葉を浴びているという報道に、素直に喜びたいと思います。

一面、隣国も含めて国際情勢の大変厳しい中、近ごろ日本は批判されこそすれ褒められた記憶があまりないので、賞賛の言葉がどこまでホントなのか本音なのか、リップサービスではないのか、などと、ついひねくれて考えてしまうわたくしでございます。

若しこの賞賛がホンモノだとすれば、『日本人には芯がある』その芯を探すと『仏教に至る』と、あるコラムに書いてございました。「お日さま」や「お月さま」と呼び、宇宙の中、大自然の中での人の営みを説いた世界で最も穏やかな宗教と言われる仏教が、日本人の遺伝子に刻まれて綿々と伝わっている。これを人間中心の強度な一神教であるイスラム教やキリスト教の世界から見ると、「なんと穏やかな国民」と思われる所以なのでしょうか。

とは言うものの現代に生きる私たち、仏さまをそんなに意識して暮らしているのかと問われたら、いささか心許ないものがあります。その昔牛若丸がお寺の説法に集まった群衆に紛れて奥州へ落ちのびる、という場面が『新平家物語』に出てきまして、仏さまの教えが庶民にごく普通に日常で語られていたことが想像できるのですが、今は滅多にそんな場がない。

ないどころか、明治には廃仏毀釈が行われ（これは仏教覚醒の好機にもなったと言われていますが）、平成のオウム真理教事件では、人々に積極的に宗教忌避の心を蔓延させたと言われていて、仏の教えを日常平易に聴く環境が世間の何処かに隠れてしまっています。

先ごろ台湾の留学生と話をしていましたら『日本に来てびっくりしたのは』『大学生が勉強しない』ことと『宗教の話をしたら嫌われる』こと。ことほど左様に今の日本人は仏教といわず宗教からほど遠い生活になっていて、日本人の芯というのは当たらないような気もします。

しかし所がどっこい、諸人は気付かないけれども仏教はしっかりと根づいていて、私たちの日常語には仏教の言葉が大変多いのだそうで、伝わってから千四百年脈々と受け継がれ、日本人の文化になり生活様式になり、日本語になってきたとのことでございます。例えば十八番《おはこ》、これは阿弥陀経の十八段に、人間が仏さまの国に行ける一番大切なことが書いてあることから来ている。お葬式の白黒の幔幕や遊びの花札、これらもみな仏教から出ているそうでございます。

こう考えて参りますと「神も仏もあるものか」ではありませんが、神さまともきっちり融合した穏やかな多神教、勤勉で謙譲美徳、やっぱり日本人には芯があって、今回のような大災害の局面で、外国人には奇異と映るほどの特徴が顕現していると言えるのではないでしょうか。

本日は思わぬところから抹香くさい話をしてしまいまして誠に申し訳ございません。

《平成二十三年五月九日》
皆さま、このゴールデンウイークは如何お過ごしでしたでしょうか。国難が続く真っただ中の連休でしたので、外へ出られた方もお家に籠られた方も、いつもとは勝手の違う気持ちの違うお休みだったのではないでしょうか。

今年の冬から春先は大変寒かったと記憶しているのですが、季節は巡っていよいよ初夏を迎えました。二十四節気でいいますと先週金曜日は立夏で、暦の上ではこの日から立秋までが夏だそうでございます。

先週、新田次郎の『怒る富士』という本を読みました。宝永四（一七〇七）年に富士山が大爆発を起こして中腹にコブができて、それが宝永山と呼ばれていることは皆さまご承知置きのことでございます。そのとき十六日間にわたって火山灰を降らし続け、山麓農民に甚大な被害をもたらした。田も畑も三尺から一丈におよぶ砂に埋まり、農作物ができなくなったという歴史的大災害だったそうでございます。

ところがでございます。ときの為政者は惨劇をよそに救済よりも政権争いに拘泥して、農民を顧みず棄民にしてしまった。それがため爆発そのものでは死者が出なかったにもかかわらず、その後何年にもわたって多くの餓死者を出してしまったそうで、農民にとっては結局人災であった。各藩から召し上げた義捐金をも大奥の修復に使ってしまうという、それは酷い有り様だった、と、その歴史を掘り起こした物語でございました。

当時の絶対的封建制度と議会制民主主義の現代とでは比べるべくもありませんが、読んでいるうちに何やらこう今と結び付けて、ちょっと考えてしまった次第でございます。このときは伊奈半左衛門という関東郡代が、農民の救済に心身を尽くして奮闘しましたが幕府に受け入れられず、進退窮まって、憐れ切腹して果てた。

時は変わって関東大震災、後藤新平が帝都復興の大構想を打ち上げたが、与党も野党も我が党第一、党利党略で「大風呂敷」と批判しまくって実行するところとならず、「青年に期待する」という言葉を残して内閣を去った。これは昨日のＴＶで知ったことでございます。

歴史は繰り返すと申しますが、温故知新、歴史に学ぶ、とも申します。十六年前の阪神淡路大震災の教訓もあります。ここは一国の政治家たる者、官僚も、しっかり歴史を学んでいただき、今からでも遅くはない、現地は民間は世界から賞賛されるくらいに懸命に取り組んでいるのですから、政治の顔が一向に見えてこない今、抽象論や離合集散でなく、予算を入れた有機的実効的な復興の仕組みを早く作るよう働いてもらえないものか。イヤ、ひょっとすると報道されないだけで、私なんぞの知らないところで動いていらっしゃるのかも知れませんが、それを切に期待するわたくしでございます。

《平成二十三年五月三十日》

先週、向こう三ヵ月の気象予報が発表されました。気温は平年に比べて、関東から九州にかけてはやや高め、東北・北海道は平年並み、八月は低めというご託宣でございましたが、特にこの夏は、普通になってきている日本の亜熱帯性気候が気になるところです。

放射能の障害が復興を妨げ、原発停止が各地に広がっていく中、節電が緊急の課題で、それの産業部門と家庭部門の割り振りが議論されているのは皆さまご承知置きのことでございます。

あるデータによりますと、今の電力使用量は一九九〇年比、産業部門でマイナス二〇％、家庭ではプラス二七％になっているが、病院などの公共施設や生産復興を考えると、自ずから家庭に対する節電の要求が大きく、私たち日常生活の宿題になっていることも又、皆さまご承知置きのことと存じます。

ところで近ごろ、『スマートグリッド』という言葉がだいぶ出回って参りました。これは産業も家庭もひっくるめて電力網（発電・配電・消費）を双方向のネットワークにして、ＩＴ技術で総合コントロールするというシステムでございます。私の記憶では何年か前に日立がＴＶコマーシャルで流し始めて以来、徐々に一般に知られてきたようですが、電力需給逼迫の今、効果的な手法としてクローズアップされています。

従来の大規模発電所と、太陽光・風力・地熱・燃料電池・エコキュート（大気の熱を吸収圧縮して利用する技術）などの比較的小さい発電設備と蓄電設備を統合して、余ったところから足りないところへ、CO_2排出の多い発電所から少ない発電所へ……地域によっても刻々と変わる需給を自在にコントロールして、省エネ、コスト削減、環境負荷低減、安定性、信頼性、透明性を実現する優れものだそうでございます。更にこれを気象予報につなげて、不安定な自然エネルギーの発電量を予測し、加えて消費側の電力需要をも予測して、無駄のない高効率の電力需給を実現する賢い賢いシステムだと申します。パナソニックは神奈川県藤沢市に一千戸規模のスマートタウンを計画、二〇一三年着工二〇一八年完工、総工費六百億円、CO_2を七割削減と報道されていました。

計画停電では前進はない。今こそ日本にスマートグリッドを導入して、世界一省エネ、世界一低コスト、世界一高信頼、しかも今の技術で実現可能という具合に、その筋の専門家は強調しておられます。

ただ、いいことずくめの話ではありますが、今の急場に間に合うのか、今年の夏に間に合うのか、日本全体に行き渡せるとなると、実際どのくらいの期間と費用でできるのか、その辺りのところがいささか心許ない。

やっぱり今は不便を受け入れて、暑さを我慢して「節電や!!」と思うわたくしでございます。

令和二年の今、日本は未だ、スマートグリッドを実現できていない。小規模な実証試験を繰り返しているという。欧米や中国が大規模計画を進める中で、ガラパゴス化するのではないかと心配されているらしい。

むしろ酷暑が常態化して節電より熱中症対策をと、エアコンの使用を薦められている現実に戸惑っている。「がんばれニッポン!!」

《平成二十三年六月六日》

梅雨に入りましてから大変気持ちのいい天気が続いています。先ほどここに参ります途中、南小学校の横を通ったのですが♪夏も近づく八十八夜♪と、子供たちの澄みきった歌声が聞こえてきまして、快い清々しい気分で歩いて参りました。

今日はちょっと、国の戦略について思ったことをお話させていただきます。と申しましても、新聞やTVよりも近ごろは週刊誌の方が真実を穿っていると巷では言われていますが、そんなネタの話でございます。

五月下旬、中国の首相と韓国の大統領と日本の首相が三人揃って東北の被災地を訪れ、日中韓の親密な協力関係を世界にアピールした。また月末にはフランスのG8サミットで、震災復興に取り組む日本との連帯を確認し、日本経済復興に向けた支援継続を謳いあげるなど、これだけ見ていると日本が主役になっている感がある。

しかしそれは日本への心情や義捐の気持ちなどよりも、過酷な国際情勢から積み上げた自国の利益・世界戦略に沿っているだけ、日本の経済リスクや原発リスクを観察しているだけ、と言われている。フランスは今も原子力発電所を世界に売ろうとしているし、ロシアは「これと北方領土の話は別」、中国は尖閣諸島を戦略的に狙っている、アメリカは日本との関係を世界情勢のバランスだけで進めている、などなど。「水に落ちた犬は叩け」とまでは言わないが、自国の利益最優先の冷徹な世界戦略を以て臨んでいるのが本音である。これが現実なのでしょうねえ。

少し前、新聞のコラムで「中国ではエリート教育に力を入れているが、これはイデオロギーでやっているのではなく中国民族はどうしたら生き残れるのかという根源的な問題として進めているのだ」と解説されていました。これも一国の国家戦略でございましょう。

さてでは我が国の国家戦略は？　ということになるわけですが、先週の政治の出来事はいったい何なんでしょうねえ……この時期に政局がらみで右往左往。世界の中の日本という戦略戦術はどこにあったのでしょうか、何ともうすら寒い情景でございました。

三百年前、富士山宝永噴火のとき、被災地をよそに江戸で醜い権力争いに終始した為政者の姿を以前ここでお話しましたが、当時は鎖国の状態でしたから人道上はともかく国内問題で済んだのでしょうが、今はそうはいかない、世界が見ている。グローバルの今、それをやったら、せっかく民間は賞賛されたのに、やっぱり〝国民一流・官僚二流・政治三流〟だったのだ、恥ずかしいのを通り越して、陰に陽に、ここを先途とつけこまれる。或いは日本の政治力というのを世界は〝織り込み済み〟で次の戦略を練っているかもしれません。

政治の裏側は私ごときに分かるわけもありませんが、ひょっとして、復興も原発も目途がついている、その上で権力争いをしているのでしょうか。過酷な現実を見据えた国家戦略が既にできていて、あとは『誰がやる』だけになっている、そんなことを期待しながら、気持ちが右往左往している一庶民でございます。

《平成二十三年六月十三日》

わたくしどもの会社はＯＡメンテナンス業でありまして、一度はその方面の話をしたいと思いつつ、今更パソコンの効能なんぞをしゃべっても面白くも何ともないとご遠慮申し上げていたのですが、今期もいよいよ詰まって参りましたので、今日はチョットだけお話させていただきます。さしてお役に立つ話でもございませんのでお気軽にお聞き流しくださいませ。

ＯＡを直訳しますとオフィスオートメーション『職場の自動化』となるわけですが、私これには抵抗がありまして、職場を動かすのは人間であって、機械が自動的に働いてくれるわけじゃない。それよりＢＭ（ビジネスマシン）、即ち業務を補完する機械というのが相応しいと思っているのですが、そのころＩＢＭという会社が世界を席巻していましたので、それを避けてＯＡになったのではないかと、勝手に考えています。

さて小理屈は別にしまして、日本で一番古いビジネスマシンは皆さま何だと思われますか？　それはソロバンでありまして、六百年くらい前に日本に伝えられたそうで、今でも商人の象徴になっています。私の記憶では昭和三十年代まで、銀行員の資格は一に家柄、二にソロバンで、預金通帳は手書き、パチパチと計算してポンとハンコをついて返してもらったものでございます。

それから技術系の方はご存じの計算尺、これはアナログ式の計算用具で、乗除・対数・三角関数・ルートなどに威力を発揮し、計算尺コンテストを受けに行った覚えもあります。その当時からコンピューターはありましたが、一つの会社の経理計算をするのに空調完備の四畳半ほどの部屋が必要でありまして、人間様は一人に一台の扇風機もあてがわれなかった時代に、まさにコンピューター様様と言われていた時代を皆さまご記憶のことと思います。続いて電卓が現れ、８ビットのマイコン、そしてパソコンへとつながっていくわけでございます。

ところで日本は、昭和五十四年がOA元年と言われています。この年初めて日本語ワープロが発売され、FAXが企業に一気に普及した年で、値段が両方とも百五十万円、大きさも事務机くらいだったと記憶しています。それまでは素人の手に余る和文タイプライターであり、新聞社の通信には〝伝書鳩〟というのもありました。余談になりますが、弊社は元々音響設備のエンジニアリングでスタートしまして、この時期にOAメンテナンス業に転身して参りました。今にして時代を先取りした、なぁんてカッコよく言っていますが、これは〝後づけ〟の話でございます。

今商売の世界、あらゆる業種で花形になっているのがPOS。販売した瞬間に情報を集め分析してくれる↓販売時点管理↓ポイント・オブ・セールス↓POSと、こうなった次第でございます。

端末の読み取りはご存じバーコードで、因みに東日本大震災のとき、売る品物はあるのに、バーコードの業者が被災して供給できなくなり、流通が停滞したという話もありました。中曽根首相の頭をバーコードなぁんて言ってましたから、これは昭和四十年代からあったのでしょうね。

《平成二十三年六月二十日》

梅雨の最中《さなか》でありますが、あさって二十二日は夏至、となりますと今年も中間点、「もう半年も過ぎたか」「まだ半年もあるか」は、その方のお歳やお気持ちを表すとか、皆さまはどちらでしょうか。

大震災から三ヵ月、原発の放射能の災厄で復興がなかなか進まない現状ではありますが、新聞やTVのトップには通常のニュースも流されるようになって、何がしか普通の生活が戻ってきた思いに誘われることもございます。だがしかし……。

中小企業同友会という全国組織の勉強会があるのですが、岩手県の仲間から先週、こんなメールが配信されてきました。

『震災から二ヵ月を過ぎたころから急に、自ら命を絶つ人が増えてきました。これは報道されることはありません。誰も口に出しませんが地域の人たちはみんな知っています。先日、家族の中でたった一人残された男性が亡くなりました。行方不明の奥様と子供さんが見つかった、その夜のことでした』

『いま子供たちの間では〝津波ごっこ〟が流行っています。積み木を積み上げておいて、津波だぁ!!　と壊す姿がありました。保育士さんが「子供は受けた衝撃を身体で表して受け止めようとするのです」「止めたり叱ったりしてはいけない」「もう大丈夫だよ!!　とギュッと抱きしめてあげる」……その保育士さんも、そして子供が帰る家の大人たちも精いっぱい、ホントは泣きたい気持ちなのです』

『最初の二ヵ月は「何としても生きる」という気持ちだけで踏ん張れます。でも三ヵ月を過ぎたいま最も急がれるのは、人の温もりと専門家の先生による心のケアなのです』

堺屋太一の『第三の敗戦』という本を読みました。徳川幕藩体制の崩壊と明治維新、次は大東亜戦争の敗戦、そして今回の東日本大震災とくるわけですが、過去二回のときは、国難の衝撃を、それまでの国の仕組みを根こそぎ変えてしまうことで見事立ち直り、世界に誇れる国になった。いま日本は既に、二十年も前から下り坂、今回の大災害の衝撃を奇禍として、単なる復旧復興ではなく社会のありようと国のシステムを変える、新しい国を創造するくらいの気概と知恵が、次の栄光の道につながる。

これはおそらく多くの国民が、意識無意識にかかわらず、心のどこかで考えていることではないでしょうか。

会長の任期は六月末まで、卓話もこれで終わっている。私が会長を勤めているときに巨大災害が起きて、これにまつわる話が多いが、あれから九年経った令和二年、コロナ禍が国を、世界を揺るがしている。昨年二月亡くなられた堺屋太一さんの言を借りれば『第四の国難』。

この機会に復旧ではなく、暮らしの形を変えよう、社会活動のシステムを変えるのだ、そんな声が彷彿と沸き起こっている。

二〇　フリーマインド

自由人

ここ十年あまりは、夕刊を見て露天風呂から満天の星が眺められると書いてあったら、翌日伊勢志摩まで一泊でも二泊でもブラッと出かける。黄金の水芭蕉が咲いたと聞けば、カメラ片手に六甲の山奥に行く。遠く信州、長州までクルマで遊びまわった。さんざんゴルフも舟遊びもした。

季節を愛で、晴耕雨読に似た毎日。その時時は窮屈と思いながら結果的には、ずいぶん今まで好きなように生きてきたなあ。今も、独り暮らしの不便さを越えて気楽さを楽しんでいる。

　これが自由人か？　というと、ちょっと違うと思う、首を横に振っている自分を見る。

　さすれば、自他ともに認める自由人とはどんな人なんでしょうねえ？

　それは、断捨離という、こんな言葉を使うまでもなく断捨離した人。五欲から解放され、遊びにも執着しなくなった人。趣味嗜好を、趣味嗜好にしなくなった人……。

　そこでツラツラ考えて出した結論は、「心の置き場所がフリー」な人。良寛禅師、北大路魯山人のようなお方を指すのではないか。

　となると、ボクにはほど遠い、縁のない話ですなあ。

フリーマインド

　いつだったか京都の東福寺で禅の教えを受けた。

「無心とは何ぞや」……一緒に行った仲間は誰も答えられなかった。もちろん私も。

　そのとき一冊の本を示された。表紙に無心の教え〈フリーマインド〉と書かれていた。著者はその日の講師、福島慶長師。昭和から平成にかけて東福寺の管長を勤められた方である。

「禅を西洋に広めようと書いた本であるが、そのとき『無心』という、日本人でも分からない人が多い言葉、英語でどう表現するかを呻吟した。試行錯誤したあげくたどり着いたのが〈フリーマインド〉です」。

ナッシングマインドというような直訳ではなく、考え抜かれた意訳である。これは原語を完璧に理解している人にしかできない。

『無心』を〈フリーマインド〉と言われると〜心の自由〜何ものにも捉われない〜浮世離れ〜心を遊ばせる〜。英訳の逆輸入で謎解きのように、日本の言葉が次から次へ出てくる。そのときまで曖昧模糊としていた『無心』がストンと腑に落ちた。横山大観の『無心』というテーマの童子の絵が、ストンと心に入った。

福島慶長師にして、ご自身が訳されてから「禅の公論により近づいた思い」と仰っていた。蓋し名訳である。

千の風になって

この歌、あまりにも完璧上出来なので、秋川雅史があまりにもマジに歌うので、天邪鬼な私、ついついからかってしまいたくなって、大好きな歌でカラオケでも自慢げにノドを披露しているのにもかかわらず、パロディってしまった。

♪私のーお腹の前で♪泣かないでください♪腹回りは一メートルもありません♪メタボなんかじゃありません♪


それはともかく。

死んでからでなく生きている間に、心は千の風になって大空を吹き渡りたい。自由に気ままに遊ばせたい。秋でなくても畑に光をふりそそぎたい。冬じゃなくても、ダイヤのように煌めく雪になりたい。

五十回忌を越えた父母に、七回忌を越えた母親代わりになってくれた叔母に、進路を指してくれた一トンくじら先生に、小菅刑務所のF技官に、経理総覧をいただいたT社の総務部長に、会社草創期の仲間に、会って話をしたい。

千の風〈フリーマインド〉になって。

ボクのフリーマインド

時に友と酒を酌み交わし談笑しているときは〈愉悦〉。

独り、酒を酌んでいるときは〈フリーマインド〉……かな？　そのとき、思いを思いの外に奔らせて、心は自由に飛び回っていることに気がついた。千の風のように、あっちこっち好きなところに行く。

いま目の前に見えている人、もの、景色。今日あったこと、やったこと、遠い近い過去のことを思い出すままに。そして明日のこと、未来のことを勝手気ままに頭の中でイメージを結ぶ。そして黙って、しゃべる。

ほろ酔い気分で、単に想像か妄想に過ぎないとも思うが、ボクの〈フリーマインド〉はこんな気分のときなのかと思った。

悟りにはほど遠い自分、似非であっても疑似であっても、一日の内の僅かな時間であっても、まあこんなところのフリーマインドでいこう。

二一　我が家のともしび

窓うつこがらし　ささやく落葉
ものみな淋し　たそがれどきに

うれしさたのしさ　あつめて咲く花
今宵もあかるし　我が家のともしび
西條八十作詞 古関裕而作曲

この歌、子供のころからずっと、七十八になった今も、折に触れて思い出したように口をついて出てくる。

しあわせ

小学二年生の三学期から父親の仕事の都合で淡路島洲本に住んだ。それから、五年生の終わりに母親がガンで大阪の病院に入って家族ばらばらになるまでの間、貧しくとも温かい我が家のともしびを味わった。

春うらら、朝早く、兄姉私弟が父に連れられて一山越えて洲本市の水源地へ行く、そこは桜の名所。全山満開、見渡す限り薄紅の花を見て、お腹を空かして家に帰ってくると母が表に立って「お帰り!!　ご飯できてるよ」。絵に描いたような家族の幸せ。

ともしびがフェードアウト

母は六年生の秋に亡くなった。このとき、わたしたち兄弟が思う以上に悲惨であったらしく、ご近所の誰もが泣いたという。

すぐ近くに果物屋さんがあって、冬になると焼きいもを売っていた。そこへ一個買いに行くと、大きなもう一個をおまけにつけてくれた。そのときのおばさんの涙の笑顔が忘れられない。

短いとはいえ、なまじっか幸せの味を知ったからか、それを失くしたときの喪失感は大きかった。

そのあと大阪河内に移って、叔母が面倒をみてくれ、ご近所のあたたかい目に支えられて、しかし何かが足りないようなもどかしい気持ちで育っていった。自律する年齢になると自立は早かった、十八歳で独り暮らしに。

フェードイン

それから十年。

我が家のともしびは、結婚して親になって再点灯できた。娘二人に恵まれて、今度は自分が一家の柱になって。

家庭の団欒を得たことと、親にしてくれた喜びは人一倍強く、折しも高度経済成長期。子供と一所懸命遊び、がむしゃらに働いた。

再びフェードアウト

再点灯したともしびは、今度は永く続く、死ぬまで続くと思った。が長続きしなかった。妻のサラ金禍や何やかやで消え去り、子供が成人するのを待つようにして離婚してしまった。

いい歳をして懲りずに又ともしびに惹かれたか、五年後に再婚した。だがそれは双方、お人柄未完成の組み合わせでハチャメチャな生活に陥り、十二年後に破綻を迎える。独り暮らしに舞いもどった。

そんな手合いの男に娘は言う『お父さんは女（との相性）を見る目がないよ!!』また娘は言う『お父さん、もうひと花咲かせなよ』。だけれども「もうええわ」。

ともしびには人一倍憧れてきた男なのに……。

反面教師

娘二人は結婚して穏やかに家庭を育んでいる。長女は子供はいないが共稼ぎで、性格のだいぶ違うご亭主殿と仲良く助け合ってやっている。

次女は娘二人の子育てに奮闘中、お姑さんと同居で自分もパートをしながら、やはり仲良くやっている。

よもやま話のとき私が、「親が反面教師か?」と聞いたら長女から即座に『ウン!!そうや!!』と返ってきた。マジである。

自分が出来なかったことを娘たちが普通にしてくれている。ありがたいことだ。

「子供たちのともしびが末永く続きますように」「孫にも何代にも続きますように」と心から祈る今日この頃である。

二二　人生の隘路

バツ二

『結婚は想像力の欠如』『離婚は忍耐力の欠如』『再婚は記憶力の欠如』

　巷では、このように言うそうだ。

「想像は妄想に通じる」から、結婚してしまったらさっさと忘れるがいい。

「忍耐力とは鈍感力と聞き流す軽さ」「記憶力とはすぐに忘れる力」と置き換えてみるとよい。

　と、その三つができなかった挙句、バツ二になった男が呟く。

粘着質である。会社経営は、それがあったからこそ展開できたと思うが、だから粘着と淡白を、公と私で分ければよかったのに、適応できなかった男はつくづく不器用にできている。

妻のトリセツ

最近、『妻のトリセツ』という本がベストセラーになっている。パラパラとめくってみて、「ああこれ、二十年前に読んでおけばよかった」。これは半分冗談で半分本気。

思い当たる節はいっぱいある。が、あのときそのとき、この本のように『妻の心理』を理解していたらと考えてきて、筋を曲げたがらない、時代遅れの古い男には所詮無理、結果は変わらなかっただろうとも思ってしまう。

骨董品

まあこのごろはオスの力がめっきり弱くなって、やたら優しい男が多いのも事実。子供（女の子二人）の暮らしぶりを見聞きしても、どうやら妻中心に家庭は回っているようだ。亭主の方で我慢してる様子が透けて見えて、気の毒になる。イヤ、そんなのは私が思うだけ、ご本人はそれが当たり前、気にもかけずに生活しているというところか。

三つ指ついて、とまでは言わないが「黙って俺に従いて来い」「男のホントの優しさなんてそんなもんじゃない」というわたしたちは、二十一世紀の世では、ひょっとすると変人なのだ。『治すと壊れる骨董品』なのかもしれない。「自分は一段と古い骨董品かぁ」と呟いて溜息をつく男であった。

そうは言っても、わたしたちの世代にも円満に家庭を営んでいる方がいっぱいいらっしゃる。銀婚式金婚式を子供たちに祝福される幸せな方も周りに多い。だから離婚は比率から言えば少数派。それを二回繰り返したこの男はレアケース。それをわたしたちというのは烏滸《おこ》がましい。

二三　南極

南極に 立ちて声なし 音もなし

地球にこんなところがあったのか!!　自分の息が聞こえるほどの静寂。モノトーン……真っ黒で巨大で荒々しい岩山を、垂直の崖を残して真っ白な雪と氷が覆う。灰色の空と黒い海、ほのかに青白いグレーシャーブルーに輝いて海に落ち込む巨大な氷河は幾つも見える。

大小さまざまに海に浮かぶ氷山はどれも一級の芸術彫像。大は百万トンクラスの航空母艦、右裾が空洞になったマッターホルン、テーブルマウンテン、スフィンクス、ＴＤＬのシンデレラ城。小はゾウ、ライオン、キリン、大蛇まで居る。それらはみな静止していて、動くものは波打ち際とペンギンと空飛ぶ鳥だけ。

人間の痕跡が全くない完璧な自然が、視野に納まりきらない壮大なスケールで迫ってくる……無心放心……。来るまでに繰り返し見たパンフやＴＶの映像では何のデジャブ（既視感）もない。

南極に立ったそのとき、人生観が変わった（ように思った）。

目睫に　クジラの息吹き　ブボシュシュー

ザトウクジラが船の周りに集まってくる。ゴツゴツしたコブだらけの顔、鼻の穴まで間近に迫る。一呼吸ごとに噴き上げる潮が顔にかかりそうだ。黒い滑らかな巨体、海中に青緑の広い長いヒレが透けて見える。

二十トン（三十トンかな？）が一万トンの船の底を潜っていく。

川の字で　悠然と往く　父母子

ハート型の尾っぽを海面に高く掲げて沈む、あのクジラの定番は、何度も何度も見せてくれた。一家三頭が静かに通り過ぎて行った。

終活のいろどり

人生の秋に入ってから、珍しく人いちばい遊んだことがある。それは豪華客船クルーズ。

平成十九（二〇〇七）年四月、六十五歳で社会の一線を退いたとき、おっかなびっくり乾坤一擲、初めて豪華客船なるものに乗って日本一周をした。これが思いもかけず私を魅了し、クルーズが終活〈人生終末の活性化〉の中心に居座ることになる。

二回の世界一周、四回の日本一周、太平洋周遊、カムチャッカ、小笠原、利尻礼文、奄美大島などを経巡った。短は四泊五日から長は一〇三日に亘る旅で、乗った船は〈にっぽん丸〉と〈飛鳥Ⅱ〉と〈ぱしふぃっくびいなす〉。計十四回にのぼる。

二〇一五年南回り世界一周

平成二十七（二〇一五）年、南回り世界一周クルーズに旅立った。

横浜神戸を出て西回り、アフリカ南端の喜望峰、南大西洋横断、南米南端のホーン岬、南太平洋と巡る九十七日の船旅。寄港地は前人未踏（ではなかった、自分未踏）

の十八カ所。リオのカーニバルも見た、イグアスの滝も、マチュピチュも、イースター島もタヒチも土を踏んだ。

四十五日目の二月二十一日早朝、ブエノスアイレスを飛行機で発ち三時間半、世界最南端の街ウシュアイアに、ここから南極の旅が始まる。

港に停泊して待つのはフランスの船〈ル・ソレアル〉一万七百トン。これで七泊八日、行きも帰りも二十四時間かけて、世界一吼える海〝ドレイク海峡〟を渡ると途端に静まり返った南極海に入る。南緯六五度まで行って三日間滞在する。五つの島と大陸（南極半島）に上陸した。南半球の真夏とはいえ、服装は頭から手先足先まで厳寒極地の完全装備。

南極には港湾施設はない。上陸するには本船から降りてゾディアック（エンジン付きゴムボート）に乗り移る。海面は猛烈な風、顔を礫のように打つ氷の粒、衣服がバチバチと鳴る。口に含むと塩っ辛い。むろん桟橋とてなく、どこへ上陸するにも浅瀬の砂利浜三〇センチほどの海中に長靴の足を降ろす。そこからジャブジャブ歩いて大地に立つのである。

南極には 何ものも持ち込まず 何ものも持ち出さず

何に触ってもダメ、残していいのは足跡だけ。もちろん生理的排泄もダメ。だから一回の上陸は一時間半以内。途中でもよおした人は、いつでもゾディアックで連れて帰ってくれる。本船を出るときも帰ってからも足元を念入りに消毒する。

先行上陸したスタッフが一〇〇メートルくらいの範囲で歩く道筋に旗を立てて回る。その旗の幅二メートルが、私たちの歩ける道である。そこから外れるとスタッフから身振り手振りでストップがかかる。

過酷な自然

島では群れるペンギンと寝そべったアザラシが迎えてくれる。アデリーペンギン、ヒゲペンギン、ゼンツーペンギンの、よちよち歩きの愛くるしい仕草に思わず頬が緩む。

人が動物に近寄ることは禁じられているが、ときにペンギンの方から近づいてきて服を突っつく。それでも手を出すことはならず、なすがままである。アザラシはたいていつも昼寝しているが一〇メートル以内には近寄らない（巨大で不気味だから近寄れない）。

長閑な風景と聞こえるが、所々に赤い血と肉の断片がこびりついたペンギンの骨格が横たわっている。アザラシだろうかカモメだろうか、に喰われた死骸である。大自然の掟が冷徹に目に入る。糞の臭いもキツイ。

束の間の青空の下、船は微速前進で流氷が無数に浮かぶ南極海を帰路につく。風もなく鏡のような海面。規則正しく低いディーゼルエンジンの音が、まわりの雪山に氷山に沁みこみ、静けさをきわだたせる。

氷山の、ラクダのコブの間でオットセイが二頭戯れていた、スタッフに聞くとこれはオス同士の生存争いという。

イルカが、この大きな景色の中では小っちゃく見えてピョン、ピョン、ピョン、と海面を飛んでいた。

引っ越し

ル・ソレアルで、はるばる沖縄から来られた二十人の方々と同船した。ウシュアイアに帰って来たとき「これから四十時間もかけて飛行機を乗り継いで帰るのです」「ウンザリです」「それに引きかえ、あなたがたはイイですねえ」。

港に着いたら真後ろに〈ぱしふぃっく びいなす〉が停まっていた。私たちは歩いて引っ越しした。

南極は地球の一番下？　にあるが、私には人生の白眉、エポックメーキングになった。

令和二年、老後の貯えが心配になってきたところで、コロナ禍とともに私のクルーズは終わった。

二四　終《つい》の旅路

終活《しゅうかつ》

世間は何ゆえに、『終活だなんて酷なことを、まるで正義の味方のように言い立て始めちゃったのだろうと思う』

―ノンフィクション作家久田恵さんのサンケイ新聞コラムより―

終活とは、生前に死後の始末をつけておくことと世間では言うが、そういうことだけでもないと思う。人生の秋に自分をして、如何に「終の活性化」をするか、これが終活だ!!　私の持論である。

ピンピンコロリを希求して、そうはうまくいかないことを分かりながらも、とにかく今、自分の体と心を活発に動かす。体は次第にままならなくなっていくが、ままならない範囲で精いっぱい動かす。心はいつまでも天地を飛びまわって楽しむ。

終活は 死後の始末に非ずして 終の活性化と見つけたり

後期高齢者になって三年。老人ホームを選んで、私は終活に入る。

終の旅への一里塚

大阪のど真ん中、天神橋筋のマンションで独り暮らしになって、夜中に腓返《こむらがえ》りが起きてなかなか治らないとき、独り生活に不安が募った。そこで行政に「老人の独り暮らしに対する支援にはどんなものがあるのでしょうか？」……日ごろ自分を老人と思っていないのに、このときは何故か素直に老人になった。

やり取りの末、大阪北区の地域包括支援センターにたどり着く。いざというときは救急車の他、救援押しボタンに頼るか、弁当の配送を兼ねた見守りにするか。何れも連絡先は後見人（西宮に住む子供）かボランティアの民生委員、ということは急場に間に合うものではないなあ……相手をしてくださった相談者も頷いて、それでは民間の「有料老人ホームの紹介所を紹介しましょうか」。それに乗った。

この種の施設はそれまで雑誌などで知っており、ついこの前も神戸市中央区、西宮北口などを見学していて、もっと他はないかいなと思っていたところであった。なので「渡りに船」と日を置かず、地下鉄で一駅、天満橋の紹介所へ行った。

そのときの担当者Hさんが大変親切で、私と波長が合ったらしく熱心に事を進めてくれて、短時日のうちに条件の合いそうな三ヵ所を見学することができた。その間にもたくさんのパンフレットを見せてくれたり、『老人ホームフェア』などという、今まで知ることもなかった催しに誘われたりして、大いに見聞を深めていく。

斯くするうちに「終の棲家は老人ホームにしようか」と傾いていった。

今一つ、二十年住んだマンションを売って資金に充てる……それの周旋を依頼した不動産会社のM社長が、これまた懇切に熱心に手を打ち、短期間に希望値で、私と同じくらい？　善良な市民の買い手を見つけてくれた。

この二つの同時進行に背中を押されるようにして、昼食付き見学や宿泊体験を重ね、神戸御影の施設に決める。

HさんとMさんは人生の転換点で関わってくれた。お二方にそう申し上げると、「信頼されて、これはやらなければならない」「岩本さんと徒然なるままに話をすると、黙って放っておけなくなりました」。

社会の仕組み

昨日まで見も知らなかった人が今日、私に陰陽《おんみょう》を及ぼしている。前世の宿縁か仏さまのお導きか。

もっとも、こんな声も聞こえてくる。これしきに感じ入っているだけではただの甘ちゃん。お二方は商売、実績を上げるため、収入を得るために、経済的合理性で動いたのだ。

けれどもと思う。そうした人の、パーソナリティで為す活動の組み合わせが、この世の営みを育んでいるのではなかろうか。

善意の積み重ねというが、案外こうした一見脈絡のない一人ひとりの合理的な動きが、次の仕組みを作って社会を活性化し、時に感動をも生んでいるのかも知れない。

この社会というか、世の中はうまく出来ているものだ。やっぱり感謝しよう。

引っ越し

引っ越しというのは騒動である。今まで十回以上引っ越ししてきたが、二十年ぶりの今回、こんなに大変な一大事業だとは思わなかった。

頭脳労働と肉体労働を毎日十時間、引っ越しの前後二ヵ月続けたら体重が四キロ減った。頭脳労働と言っても「捨てるべきか捨てざるべきか」……単なる迷いである。

御影に決める前に体験宿泊をしたとき、露天風呂でゆっくり、先輩入居者のお話を聞くことができた。

『どこにお住まいですか』「はい、大阪のど真ん中です」『私は和歌山』真正面に見える大阪湾の遠くを指さして『あの山の向こうです』。

『おいくつですか』「はい、七十七です」『そのくらいで引っ越すのが一番いい』「はあ」『いま引っ越すと言われたらとても無理』「おいくつですか」『ここへ来てから七年、八十四歳になりました』

この会話で、今、ここへ移る意を強くした。

そのお方はTさん。入居してからもしょっちゅうお会いし、ビリヤードにお誘いを受けたり、いろいろなシチュエーションで親しくお話させていただいている。

終の棲家

令和元年十月末、七十七・七歳で老人ホームに入った。

阪神間、神戸御影の背後に屏風のようにそびえる六甲山系の丘、標高一三〇メートルあまりの斜面にそれはあった。

南面していて神戸の街を見下ろし、真正面に大阪湾から関空、西方に和泉〜紀州の山々、少年の寂しい思いをのせた友が島から、国生み神話の沼島、小学時代を過ごした淡路島まで見晴るかす。

目を東方に転ずると金剛山、葛城山、二上山《にじょうさん》。この三つの山は何度も登り、見上げて育った。その下に河内平野が広がる、花火のＰＬタワーが見える。海辺には堺の臨海工業地帯から関電発電所、南港大橋、コスモタワービル、あべのハルカスと続く。

広大なパノラマの全部にデジャブがある。

折から、曼珠沙華がひと叢咲いていていた。

終の旅　此岸の丘に　彼岸花

望郷の丘

♪笛にうかれて逆立ちすれば♪山が見えますふるさとの♪　というが、逆立ちしなくても〝ふるさと〟が見える。

淡路島洲本……四年間の『我が家のともしび』が瞼に浮かぶ。第三小学校と背後に続く三熊山は『うさぎ追いしかの山』、白砂青松の大浜海岸は『我は海の子』。河内羽曳野……石川のそばを流れる新川は『こぶな釣りしかの川』、誉田中学校は『志を果たして～いつの日にか帰らん』。

みんな、ありありと見える……気がする。

終の棲家から一望するのは『山は青き故郷《ふるさと》』『水は清き故郷《ふるさと》』であった。帰るべくして帰ってきたような……そんな感慨を伴って、終の旅路は始まった。

二五　断捨離

断捨離や 終の棲家に 足るを知る

老人ホームに移ってから、令和二年の年賀状にこの下手な句を書いた。「悟ったわけではありませんが」とお断わりを入れた、それは正解であった。

３ＬＤＫのマンションから１ＬＤＫの老人ホームに入ることにしたとき、断捨離に直面した。

予算も勘案して決めた終の住まいの面積は今より幾分狭いだけだが、バリアフリー設計で車椅子で出入りできるように、玄関やバスやトイレを広く取ってある。その分、居室も物入れも小さい。

そこで改めて今の住まいを見回してみると、二十年住んでいたとはいえ何と持ち物の多いことか。愕然とし、慄然とする。これの半分以上を処分しなければならない、思いを絶たなければいけない。

「そうか、これが断捨離か!?」

ウム!!　ライフスタイルを変えるのだ。五欲への執着を絶とう。仙人の生活にする!!

そう決心して二ヵ月、猛烈な整理が始まった。

世界から集めた陶器磁器民芸品は八割かた処分した。絵画も二束三文で売り渡した。二百枚からあった自慢のレコード盤も全部処分した。ビジネス現役時代の衣類履物袋物がものすごく溜まっている。あれもこれもリサイクル。大きな本箱に満杯で周りに溢れていた本も、ほとんど古書店行き。

荷物は半分になって、新居にスンナリ収まった。めでたしめでたし。

娑婆の楽しみは残った

三食娯楽付き、安心安全の生活が始まる。それから四ヵ月、ようやく引っ越し荷物の片づけは終わった、日常が流れだした。体重も元に戻った。

しかしライフスタイルは変わっていなかった。

五欲への執着は残滓、というより本体がありあり、仙人にはほど遠い。食事会やら飲み会、ゴルフ会、かにツアー、ふぐツアーと、娑婆の楽しみは寸分変わることなく続いている。

ホームの中にも飲み会あり、ランニング仲間あり、ビリヤード友の会、グランドゴルフ会、ゴルフの打ちっ放しと、娑婆より遊びが増えた。

寸暇を惜しんで、読み書きも相変わらず。

結局前と変わらず、イヤそれ以上に忙しい!!　これって何なのだ？

モノの断捨離は確かにできた。が、心の、暮らしの断捨離は、なぁんにも出来ていない。枯れた生活はまだしばらくできそうにない。あと何年か、おそらく八十ウン歳？　まで、私の終活は〝娑婆の楽しみ〟でいくようだ。

此岸の彼岸の断捨離のと、束の間でも心に思い描いた己が聞いて呆れる。汗顔の至りとは、こういうときにこそ使う言葉なのだ。

断捨離のあとがき

この項を推敲していて、コロナウイルスで日本全体に外出禁止令がいつ出てもおかしくない状況になってきた。この施設でも、二月の末から外出外来に少しずつ規制がかかり、ずいぶん不自由になってきた。

「ああ散髪に行きたい」という今日このごろだが、ここ一ヵ月、婆婆に出ていないことに気がついた。

あれほどあった街での食事会も飲み会もとんとご無沙汰である。

いい季節になってきたのに花見も（あれほど毎年行っていた梅も桃も桜もバラも）、ゴルフにも行っていない。

「エッ⁇　これでもいける⁉」終活の形を変えるチャンス到来‼

「仙人になれる、かも⁉」

二六　老人ホーム

老後って何歳から？

だいぶ前になるが、きんさん・ぎんさんが百歳だったかの表彰で百万円だったかの賞金をもらったとき、「このお金、何に使われますか」と聞かれて「老後に備えて貯金します」……みんなをニコニコさせたものだった。

老人ホームに入るときに聞いた平均年齢は八十一歳で私よりちょっと上。いま親しく交流させていただいている方は、年齢も人生も大の先輩方ばかり、八十代半ばから九十歳。ここでは「ボクって若者!?」

たまに同年や一年だけ先輩だと分かると、懐かしく親しみを感じる。

ある人に言わせると、「岩本さんの齢で入ってくる独り者はアイドル」。ホンマかいなあと疑りつつ悪い気はしないから、他愛ないものだ。

娑婆にいるとき、会社を始めたころは若者で、お得意さんも勉強会でもみなさん自分より上。それが次第にご同輩になり、おしまいのころは会合でも会食でも「あっ、最年長!!」、同級生と「年取ったなあ」と、こぼし合ったものだったが。

友は言った。「老人ホームに入るともっと老けるぞ!!」

しかし入ったら、たちまち若者に還らされた。

ここで「このごろ体の節々が痛い」とは言えない、そんなこと言ったら即座に『ええ若いもんが!!』と返ってくるのは火を見るより明らか。

ところが不思議なことに、そう言わなくなったら、節々の痛みが感じられなくなってきた。面白いものだ。年寄りぶってはいられない。

みなさん、さまざまな人生の後に老人ホームの生活を選択された。ご夫婦もお独りさまも。

「ああいう風に齢を重ねたい」という見本がいらっしゃる。そんなお方とお話していて、自分の老後を思う内にフト、「老後っていくつからなんだろう!?」と考えて分からなくなってきた。わたくし今七十八歳。

鉄筋の長屋

みなさん親切だ。「こんなの作ったから食べて!!」「岩本さんの分も買って来たからどうぞ!!」。長い間忘れていた『おすそ分け』。

ご夫婦で住まわれているHさんが、「ここは鉄筋の長屋」と仰った。言い得て妙である。

映画『三丁目の夕日』の向こう三軒両隣、近所の方の人情を思う。

特にご婦人には可愛がられる。「若いツバメ!?」……んなことは言わない……不謹慎ですみません……内緒で呟いて自分で噴き出している。

フト外を見ると、白いお腹を見せて若い燕が伸び伸びと飛び回っている。ホームのどこかにもご近所にも巣がいくつもあるらしい。大阪の真ん中ではとんと見かけなかった。何十年ぶりだろう!?

ご夫婦

このホームの入居者は二百四十余名、男性三対女性七、ご夫婦は三割だそうだ。お見受けしたところ、どのご夫婦も実にお仲がおよろしい。

「夫婦でこの施設で暮らせるのって、最高に幸せですね」と、ある独り者の入居者がしみじみと仰る。

ある晩、お酒が入った席で、奥方が亡くなられて男独り暮らしの気楽さの話になった。好き勝手に旅行し、毎日を思うままに過ごしている。みなさんお元気で明るい。ここは、「女やもめに花が咲き、男やもめにうじが涌く」なんて言い伝えからはほど遠い。

話の流れで「奥方が何年前に亡くなった」和やかに「ボクは五年前」「私は七年前」「岩本さんは何年前？」……「私は生き別れ」……場が静まった気がした。が、やおら、どなたかが「人生いろいろありますよね」で、みなさん笑顔の会話にもどった。

それは令和二年一月のこと。今の時代にしても離婚というのはやっぱり異端者がするものなのか、移り住んで二ヵ月余りのこのホームの住人さんには稀有のことなのか、と、ちょっと思案した。

かつて乗った船、二〇一七年の四十七日間太平洋周遊クルーズ。そこで親しくさせていただいた千葉県の方から、年賀状に代えて手紙を頂いた。「クルーズの前年に家内を亡くし、少しでも気を紛らせようと船に乗ったが……」「今年で二回目のお正月を迎えたが、まだ新年を祝う気になれない」「何れは時間が解決してくれると思うが、そのときまた世界のどこかでお会いできるのを楽しみにしています」。

伴侶をこんなに深く永く想い続けていらっしゃる、これが当たり前なのだろう。夫婦の情というのは、本当はこんなに深いものなのか。

二回も離婚してその対極にあるらしい自分は「やっぱり異端なのだ」。

刺激

ここの生活は安心安全快適、何といっても毎日、朝昼晩、三分歩くだけで食事にありつける。

フロントでは、どんな野暮用でもニコニコッと対応してくれる。

身体に異変が起これば押しボタン一つで飛んできてくれる。

コロナ禍の下でも館内は清潔に保たれ、深謀遠慮で外界とはチャンと隔離してくれている。

ロビーに行けば健康体操、コンサート。シアターに行けば懐かしい名作映画を見ることができる。カラオケもあればビリヤードもゴルフの打ちっ放しも、フィットネスに展望大浴場と。

ここは船遊び（クルーズ）の延長か!!　それが土日祝なく三百六十五日続く。平穏である。

だが、というか、だから、というか、狎れには気をつけよう。慣れてくるとこれが当たり前になって、ありがた味と刺激が感じられなくなる。

刺激は、自分で創り出さなければならない。

平凡

〝酒のやまや〟や銀行など〝不要不急〟ではない用事で外出して、ときに大阪まで行って帰ってくると「ああ、コロナ第一号になりたくない」と何度も体温を計り、においをかいだりして心配する。

血液検査で肝臓の数値が少し上がると「休肝日つくろうか」「酒、やめようか」と思案する。そのくせ医者から禁酒を勧められると「酒は人生の友なんですよ」なんて言ってすり抜ける。

二十年住んだ超便利な大阪天神橋、飲み仲間、「あのころはよかったなあ」という郷愁。ここのレストランのウエートレス、本好きのTさんと「あの本この本を肴に話をしたいなあ」、お酒大好きのWさんAさんと「一杯酌み交わしたいなあ」、しかし規則でできなくて残念。

こんなのばっかり、他に心配事や考える事ないのかいなあ？　こりゃあ太るわ。

この平々凡々たるところが、いままで経験したことのない貴重なものなのかも知れない。自分がホントに憧れていたものなのかも知れない。

と昨夜（入居して百四十七日目）、美味しい天ぷら茶漬けをいただいているときに突然、噛みしめるように思いが募った。

そう、この平々凡々が実は滅多に得られないものなのだよ!!　と言い聞かせる。

あこがれの退屈

とはいえ『退屈しているか』と問われたら、そんなことは全然ない。

部屋に居るとなんぼでもやることがある。掃除洗濯や風呂、食事、散髪、酒の買い物など、そんな生活時間はなるたけ短く片づけながら、あれもやりこれもやりと、忙しく追われるように毎日を送っている。寸暇を見つけて読書、トイレの中でも読む。

いつか見ようとたくさん置いてあるビデオやＤＶＤは当分先になりそうだ。好きなクラシックもジャズも、このごろ全く聞いていない。

「何をそんなにやることあるの？」と自分に問うても「なんやかや日替わりで出てく

るんや」……旧友や船友《せんゆう》（クルーズで親しくなった友）との文通、メールやラインのやり取り、川柳の交歓、次々に来る厚生年金や後期高齢者保険など公の通知の確認、季節ごとの用件。そして今は、死後の始末（遺言書）、道楽の作文（本書き）。

未処理箱（箱なんてないが、未処理の書類やメモ書きを置く場所はつくってある）から、日にちの経っているもの期日の迫っているものから、手当たり次第に無計画に片づけていく。

今日一日何をやったの？　とばかりに退屈とは無縁の生活だ。

でもしかし、自分で日課にしているものの内、一つだけでもやめたら抜け出せるかも知れない……遺言書はもう一、二ヵ月で終わる。

作文をやめようか。ウム『この世異なもの味なもの』という本、出版できるかどうか分からないが今年中に一区切りつけよう。来年になったら「今日は何しようかなあ」なんて、半世紀かけて憧れてきた退屈が実現するかもしれない……ホントにできるの？　そうなったらまた、新しい日課をつくるんじゃないの？

こんな恵まれたところに住んでいて「なんでやねん!?」

どうやら根本から貧乏性に出来ているらしい。

ひょっとしたら、自分は退屈したくないのかも知れない。

いろはもみじ

ホームの前庭に、総体が腰より低い花壇で造られた広い庭に、それだけが抜きん出て高い孤高のいろはもみじがある。幹も枝もゴツゴツと節くれだって、相当の樹齢と見受ける。朝、レストランの定席に着くと、清澄な空気に凛と立つそれが目に入ってくる。

引っ越しの前後二ヵ月の騒動の中。

十一月の中旬、枝いっぱいに赤、橙、黄色の燃えるように鮮やか紅葉が青空に映えていた。

時移り、片づけも少しは落ち着いて十二月になると葉っぱは少しずつ色褪せてきて、ものの一週間で全部一色の朽ち葉色に。

そして生活にリズムがでてきた十二月の下旬、ある風の強い朝、フト見ると葉は全部落ちて、寒々しい裸木になっていた。曲がりくねった枝の刺々しい先が虚空を突いている。

そうか、ここへ来て早や、季節が一つ回ったのだ。

そのことを風流気取りで、いつも朝食で近くに座られる私より年上に見えるご婦人に話しかけたところ、『そうねえ、私ももうそろそろ……』。

「しまった、余計なことを言ってしまった」。いくつになっても空気が読めない自分に嫌気がさした。口から出た言葉はもう引っ込められない、「誠にすみません」口の中でモゴモゴ。

そのときどういうわけか、オー・ヘンリーの〝最後のひと葉〟が浮かんできたが、呑み込んだ。

もっともそのお方とはその後も、おおよそ毎日、「おはようございます!!」「こんにちは!!」笑顔で元気に挨拶する。時に季節の話題も、お互いの歳も、耳の不自由な方が多くて会話が姦《かしま》しいことも。

季節は回り令和二年になって一月、いろはもみじの間近で枝を見ると、濃い緑色の固い蕾がついていた。まだまだこれから、春夏秋冬、季節は何回も何回も巡るのだ。あのご婦人もわたくしも。

遠い明日《あした》

ここに来て既に二回、施設内でご葬儀があった。

師走の十九日に義兄（姉の亭主）が大阪の自宅の風呂場で急死した。姉が発見者で、驚愕と絶望の中「蘇生させたい」との一念から、頬っぺたをひっぱたくなどの過激なことをした、と、恐怖と悲嘆の行動を生々しく聞かされた。

年が明けて如月の朔日、露天風呂でお人が亡くなった。その発見者に自分がなって、見ず知らずの人の頬っぺたをひっぱたく。この巡り合わせはショック、しばらくは露天風呂に入れなかった。

「明日は我が身」と、年若い女性のスタッフTさんにそう言ったら、即座に「遠い明日です」と返してくれた。なかなか当意即妙の良きレスポンスであった。

それにしても「ここは死に近いところ」と甥っ子（亡くなった義兄の息子）にそう言ったら「そのためにみなさん入るところ」「叔父貴もそうやろぉ」……納得。

夕食のＢＧＭ

夕食の時間も席はだいたい決まってきた。そこの左向こうに、ご婦人五人六人の連れがいらっしゃる。日によって人数は変わってもおおよそ同じ顔ぶれだ。その会話が、補聴器をかけると耳の悪い私にも、聞くともなしに聞こえてくる。歯切れのいい関東弁と、まったりした関西弁の対比が面白い。その定番をＢＧＭに聞きながら、熱燗、ときにワインで、何とはなしに安心感を伴って、私は食事をしている。

ザ・ドリンカーズ

ここにもお酒好きのグループがいらっしゃった。毎日五人から八人。広いレストランに二人がけと四人がけのテーブルが並んでいるのだが、そこだけいつも八人がけに並べてある。そしていつも、大変高級な焼酎の四合瓶が何本も置いてある。

すごい!!　上等の食事やなあと感心して眺めていた。が、これは通い瓶《かよびん》というか容器だけで中身は違うのだ、と聞いて、急に親しみを感じたものだ。

入居して三日目だったか、何気なく八人がけの近くに座った。するとほどなく突然、お一人が瓶とグラスを持って、ささっとテーブルに来られて「どうぞどうぞ!!」。トクトクと注ぎ始められたではないか。焼酎のストレートである。もう「そこまでそこまで」と言う間もなくナミナミと……透明の美しい液体が揺れていた。

私のテーブルに「ビールとワインがあったから（酒好きの）仲間と思ったので」と。「うわーっ!!」「ありがとうございますう!!」声は上ずっていた。びっくりして嬉しかった。

何日かあと、引っ越し荷物に、宮古島で買った泡盛の古酒を封を切らずに入れていたことを思い出して、レストランにキープして、お礼にその席に届けてもらった。

夕食の時間が私の長年の習慣で八人テーブルさんよりだいぶ遅いので、その後も別席になっているが、そのうちベッタリ仲間に入らせていただくことになるだろうと予感している。

ザ・ドリンカーズというのは私が勝手につけたもので、その名はまだデビューさせていない。

こういう所に入って、こんなグループがあるとは!!　ここにも娑婆はあったのだ!!

六甲おろし

六甲山系の傾斜に沿って、ひな壇のように北・中・南と三棟が並ぶ。そのうち、中棟の屋上がちょっとした庭園になっている。生垣と、格子のフェンスに囲まれて半分は芝生、あと半分はフリースペースで、藤棚があり、八重桜が三本植わっている。椅子とテーブル、ベンチもある。

ここから眺める景色はホームの中でも最高で、大阪湾の端から端まで一望の下にできる。

ホームに入って初めての五月、ある晴れた日に、藤棚の下で読書と洒落込んだ。少し汗ばむくらいのところへ、そよ風が頬をなでてホンに心地よい。後ろは急斜面の山。そうだ!!　これは『六甲おろし』だ!!　思わず笑みがこぼれ歌が口をついて出る。至福のひとときであった。

そういえば今年は、プロ野球がまだ始まらない、甲子園のあの芝生も見られない、せっかく近くに来たのに……。

初めての出版

ここに移って三ヵ月後の一月末、予てより進めていた本『噂の豪華客船―そこには何があったのか』の出版になって、本屋さんに並べられる日が来た。

見本本を新旧の友人、船友に送った。

このホームのライブラリーにも置かせてもらった。どうやら人から人へ伝わって、多くのお人に読んでいただいている気配である。心こそばゆい。

その中のお一人が「岩本さん、この次はここ（このホーム）のことを書いてね」と言われた。うれしかった。が、それを書くのは四シーズン経ってからにしよう……まだよく分かっていないし、まだまだこれから面白いことが起きそうな、初めての体験ができそうな、そんな予感がするから。

『噂の……』、この本を書き始めたのは一昨年の暮れ、出版社と契約したのが去年の春。そのときは、初めての出版を老人ホームで迎えることになるとは夢にも思っていなかった。これも何かの合縁奇縁か。

二七　コロナ禍

コロナウイルス

老人ホームに入って四ヵ月、思いもかけぬ事態が起こってしまった。コロナウイルスの世界蔓延である。

二月二十二日に次女一家が来てくれて、レストランでバースデーパーティーをやってくれた。その翌日あたりから家族親戚といえども、この施設に出入りご遠慮になった。二月三月がお誕生日の他の多くの入居者も予約されていたが、すべてキャンセルになったらしい。私たちがギリギリセーフ。

ご承知の通りコロナは一月から騒がれていたが、このホームでも具体的に厳しく動き出した。それから二ヵ月、収まる気配はなく、日本全部が閉塞状態に陥ってきた。

まあここでは、居ながらにして三食はあるし、だいぶ制限されてはいるが娯楽もある。うれしいことに館内にフィットネスがあって運動には事欠かない。広い庭園や周りの山道を、日を浴びながら汗かきながら散歩もハイキングもできる。

娑婆っ気を起こさなければ何ということもなく生活できる。外へ行くのは洗剤やトイレットペーパーなど日用品の買い物くらい、ああそうだビールも買いに行く。散髪は遠慮しながらも届けを出して行ける。ありがたいことだ。


そこへいくと現役で働いている人たちは大変だ。居酒屋で一杯飲むのは我慢できても、『できるだけ自宅に居る』わけにもいかず、電車やバスで通勤している。わたしの子供たち夫婦も同様である。

現場に近い職業では〝テレワーク〟なんてのもできないだろう。それを思うと、ここにいても閉塞感がある。

いつまで続くのやら……。

コロナ不況

コロナ大不況の中、固くて理屈っぽくて、ちょっと自慢気にもなるが、本音のところを吐露したくて、急遽この項を加えることにした。

《吹けば飛ぶよな中小企業》

十八年勤めた会社の退職金を全部ぶち込んで、電子エンジニアリングの会社を立ち上げた。初めから株式会社にしたが、自分と資本金以外何もないスッカラカン、貸事務所に入っているお得意先の机一脚を又借り、電話一本引いてスタートした。

まさに〝吹けば飛ぶよな〟イヤ、吹かなくても息するだけですっ飛ぶような起業であった。そのとき三十六歳、「若いからできるんやなあ」と人にも言われ、「ようあんなことやったなあ」と、会社の目鼻がついたとき自分でも思った。

《一年の貯え》

七年か十年か、夢中になって取り組み、実戦を通じ、先人の本を読み、数多の勉強会に参加して、あるとき勃然と悟った。「会社というのは、一年間仕事がなくても生きていける体力にすることが先決なのだ」と。

収入はゼロでも、人件費（給料だけではない）と家賃等の固定費は払い続けられる〝内部留保〟要するに会社の貯金を持つことである。家計の天引き預金と同じ。不況は必ず来るし災害も必ず起こる。そんなとき、一年の猶予があれば落ち着いて対策もできよう。

このことを社員にも公言し協力を得た。中には「先のことより今の給料」という者もいたが押し切った。

これでバブル崩壊を乗り切った。阪神淡路大震災も乗り切った。

《コロナ援助》

令和二年のコロナ禍、防疫と経済のせめぎ合いで大騒動の中、昨日今日始めた会社商店ならともかく、十年もそれ以上もやっている企業が、たった二ヵ月で泣きを入れるとは。今まで儲かったら儲かった分そっくり贅沢してきた姿が垣間見える？

それを国や自治体が競って助けにいく。与野党揃って援助を喧伝する、緊急事態宣言の交換条件みたいにする。もっとも、政治は常に選挙を意識しての言動と、冷めて見る必要があるが。

これって少々生ぬるいんじゃない？　という思いが拭えない。

今の状況から、単年度赤字や月赤字は避け得ない。だからというか、しかしというか、赤字を理由に即援助、とくるのは如何なものか。

それより、援助は創業十年以下の企業に限る、というような区切りを設けるのも一つの見識と思うのだが……まあこれも世の常、実際に貯えのない企業の切り捨てになるから現実的ではないが、何か腑に落ちない。

援助するなら、過去十年の損益計算書と貸借対照表を一般の眼に晒すべきであろう。


コロナの前、ある種の人たちは常に言っていた。『会社の内部留保を吐き出せ』『内部留保に税金をかけろ』。

コロナのあと「この人たちはどう言うのだろう?」と興味が湧く。

二八　此岸この世は仮住まい

家庭

老人ホームに入って八ヵ月も経った今、まだここが本住まい「我が家だ!!　終の棲家だ!!」という実感に至らず、何かしら仮住まいという感覚から抜け出せないでいる。改めて二十年住んだ南森町ではどうだったかと、考える。

二十一年前甲子園の、三十年連れ添った妻と二十歳台の娘二人の〝我が家〟から単身、家出をするように抜け出して職住接近、大阪のど真ん中へ。

新築のピカピカのマンションの部屋に独り立ったときでも、「ここが新しい住処だ」という湧き出ずる喜びを感じなかったことは確かだ。その後も長い間仮住まい感覚であったように思う。ではいつから我が家と思うようになったのだろうか……それは二年後、ある女性と一緒に住むようになったときからだろうか。十ヵ月で終わったが、籍は入れていなくても家に迎えてくれる人がいるというそのことだけで、確かに我が家と感じたものだ。新たに妻を迎えて喧嘩ばかりのハチャメチャな生活を続けていた十余年も、好むと好まざるにかかわらず「我が家に帰る」という実感があった。

そう考えてくると、家族が居ることが我が家を実感することになるのだろうか。独り住まいでは我が家とは言えないのかも知れない。

配偶者を亡くされた方が独り暮らしに慣れるのに何年もかかる所以は、亡き人への思慕だけにとどまらず、家庭ではなくなったということにもあるのだろうかと、遅まきながら思い至る。「夫婦揃ってホームに入っている方は幸せ」と、独り入居の男性がしみじみと呟かれた。

独り暮らし

　未だここの生活に馴染めないから、自分にしっくりこないから、仮住まいから抜け出せないのではないかと思うときがある今日このごろ、つらつらと考える内に「そうか!!　家庭のあるなしか!!」と、入居して二百五十日目の昨日の寝入りばな、忽然と悟ったことである。

　そういえば、家庭があってこその浮気で、独り者のときにする遊びはあまり刺激がなかった。自分の普段の生活は右に行っても左に曲がっても多少脇道に逸れても全部、仕事でさえも、盤石の基盤があってこそ、それらしく格好がつくもので、その基盤は『家庭』なのだ。

　孤独に強いと思っていたが、実は家庭・家族という裏付けがあってこその強がりであったかも知れない。

　今子供から電話があったり、孫が来てくれたりしたときに感じる無上の喜びが、それを表しているではないか!!　未だやっぱりどこかで〝我が家のともしび〟に未練と憧れを持っているのだろう。

　長女が言った「もうひと花咲かせなよ」という言葉が今更のように身に浸みてき

た。

まあしかし、理由や理屈を辛気臭く考えないで『仮住まい』ならそれでもいいではないか。

豪華客船の旅をしていると考えてもいいではないか。

この世に生きること自体『仮住まい』というではないか。

おそらくは　独り住まいは　仮住い
えじゃないか　どうせ此の世は　仮住まい
その内に　なあに伴侶は　見つけるさ

エピローグ

流転

父は淡路島洲本の鍛冶屋の次男坊、母は大阪南河内で、さるお屋敷にご奉公。

その男Kは昭和十七年二月、通天閣のすぐ南、ジャンジャン横丁の一角にあった文字通りの水商売〝フナ釣り屋〟の次男坊として呱呱の声をあげた。当時文化と遊興の地〝新世界〟でそこそこ繁盛していたらしく、年子の兄と姉は裕福な生活を多少なりとも覚えているし、いい身なりの写真も残っているが、Kには、もの心つくころにはその栄華はなくなっていて、幼少年時代は浮き世の底辺に近いところを往く生活、という記憶でしかない。

もっともそのときは日本はみんな貧しかったたし、特にKの母は、子供に惨めな思いをさせないように必死に〝我が家のともしび〟を守ってくれていたようで、その保護の下「世の中こんなもんだ」と、ひねくれもせず横道に逸れることもなく、真面目に小ぢんまり育っていった。

父のまあ仕事道楽で各地を転々とした。戦争のこともあったのだろうがそれは誰も教えてくれなかった。

大阪西成の天下茶屋で小学校入学、淡路島洲本で二年生から五年生の三学期までが〝われは海の子〟〝うさぎ追いしかの山〟であり、短いながらも少年Kが味わった〝家庭の団欒〟であった。

六年生の秋、〝ともしび〟の母が十カ月の入院闘病の後、亡くなった。ガンであった。享年四十六歳。「平成や令和の医学であれば治っているのに」と、今でも悔しい想いを引きずっている。

そして母の妹の叔母に引き取られて大阪南河内の古市に移り中学時代を過ごす。高校生のとき、故、母が奉公していたお屋敷の二代目のお世話で河内松原の府営住宅に、これが初めての家らしい家であった。

その後十八歳で社会人になったKは、仕事やなんやかやで関東関西を転々とする。大阪西田辺、東京赤羽、千葉県市川・松戸、大阪平野区、京都男山、西宮甲子園、大阪天神橋。最後に（なるであろう）辿り着いたのが神戸御影の老人ホーム。

父は洲本で染物屋をやってうまくいかず、わらび餅の振り売りまでしていた。大阪に帰ってからは中央市場に勤め、ガス爆発事故で全聾になってからは子供返りし、まだ若い長男長女に看てもらっていたが、最後は胃ガンで亡くなった。享年六十四。東京に勤務していて急遽帰阪したKが二十五歳のお正月であった。

次男坊症候群

社会の片隅に生きとし生きる庶民の出自、日本全体が貧乏の時代にあって、中でも特に貧しかったといえるところからスタートした我が人生。おとなしく至極平凡に、狭い世界で真面目な勤め人。ひっそりと路傍の石で行くのだと、十八歳で社会に出たころには本気で思っていた。

それが思いもかけず、勤めた会社で技術職から営業の第一線に出て、およそ経理以外全部の経験をした（そのときは〝させられた〟気分であったが）十一年、これと妻のサラ金禍が人生の振り子を大きく振ることになる。

三十六歳でサラリーマンをやめて起業し、自分で言うのは気が引けるがとにかく我武者羅に働いた。仕事の匂いがすればどんなことにでも首を突っ込んだ。結局会社を四つ作った。そして遊びもよくした。

離婚を二回もした……ああ恥ずかしい!!　泡沫《うたかた》の人生というが、あれほどおとなしかった人間がこうも変わるものかと、我と我が身が信じられない。これを次男坊症候群というのだろうか。いま、八十路の手前で老人ホームに入って断捨離や終の棲家やなんのとほざいている。

迷いつつ、あっちこっち行ったり来たり、そのときそのときは至って真面目に生きてきた積りであったのに、振り返ってみれば「結構な風来坊であったなあ」。世の中には、仕来りや規制の中でそれに包まれてというか守って、その世界で順当に一生をまっとうする方も多いと思う。

変化の少ない穏当な人生と、波風に揉まれた多少なりともキツイ人生とどちらが幸せか……これは分からない……多分前者であろう。

しかし面白い人生であったかとは思う。

著者プロフィール

岩本 浩平（いわもと こうへい）

1942年、大阪は「通天閣」の下に生まれ「河内」で育った、典型的な下町で田舎の子。中学時代から本を読み漁る。大阪府立今宮工業高校（現今宮工科高校）卒業後早川電機工業（現シャープ）に入社。

18年勤めた後“サラリーマン脱落”。徒手空拳でＯＡ機器メンテナンスの会社を起こし、30年で従業員120名の会社にした後、後進に道を委ねて“晴耕雨読”の生活に入る。

前著に『噂の豪華客船―そこには何があったのか―』（幻冬舎）がある。

この世異なもの味なもの

…あの世は行かなきゃ分からない…昭和～平成～令和

2021年２月15日　初版第１刷発行

著　者　岩本 浩平
発行者　瓜谷 綱延
発行所　株式会社文芸社
〒160-0022　東京都新宿区新宿１－10－１
電話　03-5369-3060（代表）
03-5369-2299（販売）

印　刷　株式会社文芸社
製本所　株式会社MOTOMURA

ISBN978-4-286-22265-3　　JASRAC　出2009531－001